W0187334

L'ARCHITECTE DE LA VENGEANCE

TOCHI ONYEBUCHI

L'ARCHITECTE DE LA VENGEANCE

roman

Traduit de l'anglais (États-Unis)
par Anne-Sylvie Homassel

ALBIN MICHEL

© Éditions Albin Michel, 2022
pour la traduction française

Riot Baby
Copyright (c) 2020 by Tochi Onyebuchi
Première édition, tor.com, New York, janvier 2020.

*"Where in your affidavit does it say you're Black ?" :
Why Worldbuilding Can't Neglect Race*
Copyright (c) 2020 by Tochi Onyebuchi
Première publication, tor.com, janvier 2020.

*I Have No Mouth, and I Must Scream :
The Duty of the Black Writer During Times of American Unrest*
Copyright (c) 2020 by Tochi Onyebuchi
Première publication, tor.com, juin 2020.

L'éditeur tient tout particulièrement à remercier Vanessa Kling
de La Nouvelle Agence, sans qui ce volume n'aurait probablement pas pu
voir le jour, en tout cas pas sous cette forme singulière.

Avant-propos

Tochi Onyebuchi est un jeune auteur américain, né le 4 octobre 1987 à Northampton, Massachusetts, de parents nigérians d'origine igbo (une ethnie du sud du pays qui a sa propre langue, l'igbo, de type nigério-congolais). Son prénom signifie « louez Dieu » en igbo. Il perd son père très tôt, en 1998. Diplômé de Yale, de la Tisch School for Arts, de la Columbia Law School et de Sciences Po, en France, une fois ses études finies, Tochi Onyebuchi exerce ses talents en droits civiques au bureau général du procureur de l'État de New York, ainsi qu'à la Legal Aid Society de la ville de New York (une association caritative). Après deux ans de pratique, épuisé par l'expérience, il change de voie et intègre une entreprise de high-tech, tout en maintenant son intérêt pour les droits civiques à travers ses écrits ; je vous invite d'ailleurs à lire sa nouvelle « Dommages et intérêts » (*The Hurt Pattern*), disponible gratuitement chez les revendeurs de livres numériques, dans une traduction française d'Anne-Sylvie Homassel. Déjà passionné de super-héros et de science-fiction, il s'intéresse à Alexandre Dumas et au *Comte de Monte-Cristo* lors de ses études en France ; découvrir les origines africaines d'Alexandre Dumas a alors un grand impact sur lui. Remarqué pour ses romans jeunesse, *Beasts Made of Night*, *Crown of Thunder*, *War Girls*, Tochi

Onyebuchi fait une entrée fracassante dans la littérature adulte avec *L'Architecte de la vengeance* (*Riot Baby*), en 2020. Le roman est déjà paru depuis quelques mois quand éclate l'affaire George Floyd, tué par un policier blanc le 25 mai 2020, et d'une certaine façon, *L'Architecte de la vengeance* devient alors partie intégrante, écho parmi les échos, du mouvement Black Lives Matter.

Voilà ce que nous apprend la biographie officielle de l'auteur qu'on trouve sur internet. Cette vie déjà bien remplie, forte de nombreuses expériences, éclaire tout ce que contient ce livre, c'est-à-dire le court roman *L'Architecte de la vengeance* et les deux articles qui le suivent ou le prolongent (j'y reviendrai).

L'Architecte de la vengeance est un texte remarquable, dans tous les sens du terme. Il a été remarqué, encensé par des auteurs établis : Marlon James, Daniel José Older, Elizabeth Bear, R.F. Kuang et d'autres. Il a été distingué par des prix : le New England Book Award for Fiction 2020, entre autres. Il a été nominé aux prix Hugo, Nebula, Locus et World Fantasy Award, ce qui dessine quand même une très étrange distinction à quatre dimensions. Son style, au scalpel (vous ne trouverez pas un mot de trop), d'une densité radioactive, est remarquable et je ne peux que louer ici le talent d'Anne-Sylvie Homassel qui s'est attaquée à un sacré Everest littéraire, avec la farouche volonté de réduire au minimum les notes du traducteur, alors même que le lecteur français va pénétrer (percuter ?) un monde, une culture afro-américaine qu'il connaît peu et sans doute mal.

Imprudent comme il se doit, j'ai indiqué à plusieurs reprises que je ne publierais pas de courts romans/novellas en Albin Michel Imaginaire, car je ne conçois pas qu'on puisse commercialiser ce type d'ouvrages en dehors d'une collection du type Une Heure-Lumière (Le Bélial'). C'est bien pour ça que *Vigilance* de Robert Jackson Bennett a été publié aux éditions du Bélial' où il avait plus que sa place, me semble-t-il. Mais quand j'ai reçu *L'Architecte de la vengeance* de la part de l'agent français de Tochi Onyebuchi, ma bonne résolution a très vite volé en éclats, mon imprudence m'a sauté au visage toutes griffes dehors. Non seulement j'ai eu un coup de cœur pour ce texte coup de poing (je me suis en quelque sorte senti frappé par une météorite de rage pure), mais en plus je n'ai pu m'empêcher de le considérer comme l'acte de naissance d'un auteur majeur (je n'avais alors pas lu une ligne des romans jeunesse de l'auteur, ce qui est – *toussotement discret* – toujours le cas). Par ailleurs, il m'a semblé que *L'Architecte de la vengeance* avait toute sa place chez Albin Michel, à côté d'*Une brève histoire de sept meurtres* de Marlon James, de *Nickel Boys* de Colson Whitehead et du fabuleux recueil de Nana Kwame Adjei-Brenyah, *Friday Black*.

Voilà le roman d'un homme en colère, mais aussi l'œuvre d'un homme qui a longtemps étudié le droit et a minutieusement observé la société dans laquelle il vit. Il y a quelque chose d'unique dans la conflagration de cette colère et de son expertise en droits civiques. Parce que Tochi Onyebuchi sait pertinemment de quoi il parle, je lui ai proposé d'ajouter au court roman deux de ses articles aux sujets proches, articles que j'avais lus avec grand intérêt sur le site américain tor.com et qui je l'espère vous intéresseront :

– « Je ne vois pas mention dans votre déposition du fait que vous êtes noir. »

On ne peut pas construire un monde sans parler des races.

– « Je n'ai pas de bouche : et pourtant, il me faut hurler. »

Sur la responsabilité de l'écrivain noir à l'heure des émeutes en Amérique.

Stephen King s'est fait mondialement connaître avec le portrait d'une jeune femme tourmentée prénommée Carrie. Il est maintenant temps de laisser la place à Ella et à son petit frère Kevin, deux âmes tourmentées dans une Amérique qui brûle…

Gilles Dumay,
le 25 août 2021

PREMIÈRE PARTIE
L'ARCHITECTE DE LA VENGEANCE

Pour mon frère, Chibuikem

I.

South Central

Avant que son Don se révèle. Avant même la naissance de Kev. Avant le déménagement à Harlem. Ella dans un bus scolaire qui traverse paresseusement un secteur du gang Piru dans Compton et les ados en bleu de l'autre côté de l'allée centrale qui gloussent et font des signes de main Crips par la fenêtre à des Bloods assis dans un lowrider à l'arrêt contre le bus. Un jeune homme, type jeune poète, griffonnant dans un cahier Staples, tête baissée, très sérieux, quasiment en prière. Deux filles devant Ella, se tapant dans les mains comme à la maternelle – en plus rapide, en plus compliqué, dodelinant de la tête, échangeant des sourires en croissant de lune.

Le bus ralenti, puis stoppé. Choc métallique sur les portes en plastique qui s'ouvrent chuintantes et l'air chaud s'engouffre dans le véhicule avec les Pirus qui grimpent, bang, bang, sur le marchepied, chemises de bûcheron rouge et noir sur tee-shirts blancs, bandanas rouges en poche et Magnum.357 à la main ; et l'un d'entre eux s'approche du chef des gamins, celui qui leur a fait les signes avec le plus d'ardeur ; il lui appuie le canon du Magnum sur la tempe, arme le chien et conseille au gosse de rester à l'école : et s'il le reprend à faire ce genre de conneries, il lui fumera sa putain de cervelle, tu me suis ? Et Ella voit dans les yeux du Piru que ça ne lui posera aucun problème, que son intervention ne relève pas uniquement du théâtre, que le geste n'est qu'en partie destiné à foutre la trouille au gamin, à l'éloigner du coin et que s'il faut en passer par là, lui, le Piru, répondra à l'absence de respect par le meurtre.

Ella déteste South Central. Elle ne le sait pas encore, mais subodore vaguement, en un murmure, que l'attendent quelque part Harlem, un appartement étouffant et une boule de neige, loin, encore trop loin pour qu'elle puisse les toucher, assez proches pourtant pour qu'elle les visualise.

Ella l'appelle Mamie bien qu'elle ne soit pas la mère de Maman. Le fait est que Mamie fait tout ce que font les grands-mères. Emmener Ella à l'église quand Maman bosse ou qu'elle est affalée sur le canapé après une nuit passée à Dieu sait quoi. Apporter des caramels mous Werther's dans leurs emballages dorés et plissés chaque fois qu'elle vient participer aux corvées ménagères. Maintenir à distance les racailles avec leurs Olde English en bouteilles de 1,2 l quand ils traînent trop près de la maison et du jardin, qu'elle protège comme s'il était un de ses petits-enfants. Et maintenant Ella est assez grande pour pouvoir s'asseoir sous la véranda, histoire d'échapper à la chaleur, la chaleur qui s'accumule entre les murs et transforme en plaque chauffante le plastique tendu sur le canapé.

Mamie, dans l'allée, balaie les douilles pendant qu'Ella mâchonne son deuxième caramel de l'après-midi.

Blessing, le pitbull des voisins, tire sur sa chaîne comme un fou ; Ella secoue la tête comme pour dire, « Fait trop chaud, tu sais », mais les chiens ne parlent pas et d'ailleurs celui-là ne l'écouterait pas. Du reste, elle se souvient de ce que lui a dit sa mère : mieux vaut ne pas l'exciter, ce chien, ni le taquiner, parce qu'un jour, la chaîne à son cou et la clôture en fil de fer contre laquelle il se jette de temps en temps ne suffiront pas.

L'une des voisines, LaTonya, passe devant la maison, Jelani, son bébé, serré sur la poitrine. Mamie s'arrête de balayer et sourit ; LaTonya soulève le poignet de Jelani et lui fait dire bonjour à Mamie, de la main.

– Dis bonjour, Jelani, roucoule LaTonya.

– Ooooh, qu'est-ce qu'il a *grandi* ! dit Mamie à LaTonya, qui s'approche avec le bébé, n'hésitant qu'un bref instant, ayant vu le pitbull.

– Il ne va pas tarder à pouvoir entrer à la crèche, dit LaTonya.

Même de la véranda, Ella voit l'étincelle dans les yeux de LaTonya.

Mamie sourit d'une oreille à l'autre.

– La façon dont tu regardes ce petit…

– Je sais.

Quand LaTonya sourit, elle montre les dents et fait rebondir Jelani dans ses bras.

– Pas la moindre ressemblance avec son papa, mais ne le répète pas à Ty, hein.

Et les deux femmes gloussent.

– Bon, tu sais que Lanie ne va pas tarder à monter sa boîte ; tu devrais passer. Elle colle des post-it sur les meubles et elle a mis de côté de quoi acheter un parc pour bébé. Elle est même allée à la bibliothèque voir si elle ne pouvait pas récupérer des bouquins pour les gosses. Elle m'a dit qu'elle allait aussi leur mettre un ordinateur à disposition, pour qu'ils puissent jouer à leurs jeux après l'école. L'idée de les voir passer la journée devant un écran, je ne sais pas trop ce que ça m'inspire, mais il y a des fois où ça vaut mieux de rester à la maison.

– D'accord. Préviens-moi quand ça démarre. Jelani adorerait se faire des nouveaux copains. Pas vrai, Jello ?

Jelani enfouit le visage dans la poitrine de sa mère.

– Qu'est-ce qu'il est timide.

Dehors, le soleil semble trop brillant, à tout décolorer ; le vertige s'empare d'Ella, brutal. Mamie et LaTonya continuent à bavarder, mais Ella se lève avec effort et rentre d'un pas tremblant ; la lumière tombe en rectangle entre les barres anti-effraction des fenêtres. Une fois dans la salle de bains, elle se penche au-dessus du lavabo et laisse le sang couler un moment de son nez avant de renverser la tête en arrière. Quand elle a ces saignements de nez, elle a toujours l'impression d'un grondement dans les alentours, comme si la terre se resserrait sous ses pieds, mais lorsque le sang s'arrête de couler, elle regarde autour d'elle et c'est comme si personne ne s'était rendu compte de rien. Le vertige la fait se pencher de nouveau. Elle s'appuie contre le lavabo, ferme les yeux, serre les paupières, essaie de ne pas penser à ce qu'elle a vu dans le jardin : ce garçon du nom de Jelani, dix ans désormais, sur le chemin de l'école, cinq pâtés de maisons, son pas énergique, ses grands yeux bruns, puis un lowrider qui s'arrête à proximité en faisant grincer les freins, le passager au visage couvert d'un bandana bleu qui vise de son fusil quelqu'un qui se trouve derrière Jelani ; après la détonation, tous décampent et ne reste que Jelani, à terre, les yeux levés vers le soleil trop étincelant, pour les deux dernières et les plus longues minutes de sa vie.

Mamie trouve Ella couchée sur le carrelage : elle suffoque, reprend sa respiration, douloureuse, sifflante, à une, deux, trois reprises.

– Jésus !

Et la voilà à genoux devant Ella, la tête de la gamine tout contre sa poitrine. Elle la berce d'avant en arrière ; le corps d'Ella se relâche.

– Jésus, Jésus, doux Jésus. Faites que cette enfant vive.

Et la respiration d'Ella s'apaise, et elle revient à elle.
– Un Mississippi, murmure-t-elle.
– Hein ?
– Deux Mississippi.
– Ma chérie, qu'est-ce qui t'arrive ?
– Trois Mississippi.
Elle respire. Normalement. Puis pousse un lourd soupir.
– Quand j'ai mes crises de panique, Maman me dit toujours de compter les Mississippi jusqu'à ce que ça passe.
Mamie éclate de rire ; elle a l'air surprise.

– Bonjour, l'Église des petits !
Frère Harvey a beau être immense, son costume semble trop grand pour lui. Trop de boutons. Mais ni le veston ni le pantalon ne tombent jamais, en dépit de l'avalanche de gloussements qu'Ella, Kiana et Jahnae déversent sur leur propriétaire. Au sous-sol de l'église, aucun des assistants ne porte de gants blancs, au contraire des bedeaux de la messe des adultes, ce qui fait qu'Ella parfois voit les tatouages sur leurs mains. Frère Harvey va et vient dans le petit sentier de lumière colorée qui tombe des vitraux représentant des orchidées.
– Combien êtes-vous à prier ? demande Frère Harvey de sa voix trop sonore.
On dirait la voix de Dieu.
Ella lève la main.
– Combien êtes-vous à prier tous les jours ?
Ella baisse la main. Pas Jahnae, mais Ella sait qu'elle ment.
– C'est même pas vrai, siffle-t-elle.
Jahnae lui balance un bref regard, sans baisser la main.
– Combien êtes-vous à faire des choses pas bien ?
Ella se souvient du jour où elle a prétendu qu'elle avait mis ses vêtements au sale, alors qu'elle les avait fourrés dans

le placard dans lequel elle est censée se réfugier quand la racaille se réunit dans la petite rue derrière la maison. Elle lève la main.

– Dieu dit ceci, poursuit Frère Harvey de sa grosse voix. « Si tu fais le mal et si tu viens à moi, je te pardonnerai. »

Il se dirige vers Kaylen, un petit garçon qui porte des bretelles et une cravate à clip, trois rangs derrière Ella. Frère Harvey lève la main comme s'il allait taper sur le petit.

– Si je frappe Kaylen que voici, comment est-il censé réagir ?

– Il doit vous pardonner, hurlent les enfants en chœur, sauf Ella.

– Ce qui veut dire que Kaylen ne doit pas me rendre des coups, on est bien d'accord ?

Ella se demande ce qu'elle ferait si Frère Harvey frappait Kaylen de sa trop lourde main.

– Attention, je ne suis pas en train de vous dire que Kaylen ne devrait pas se défendre.

Il pose la main sur la tête du petit ; sa paume épouse le crâne.

– Kaylen, tu diras ceci : « Frère Harvey, je commencerai par me défendre et quand le temps sera venu, je te pardonnerai. Deux actions que j'accomplirai avec ardeur. »

L'air commence à changer, comme à chaque fois qu'Ella se surprend à rêver les yeux ouverts, à faire fonctionner son imagination. Elle voit un Kaylen plus âgé, bien bâti, adulte, désormais garçon de salle dans un hôpital ; les patients sont tous vieux, bien plus vieux que lui ; et à plusieurs reprises, ces vieux patients, quand leurs gestes deviennent plus lents et qu'ils savent qu'ils n'en ont plus pour longtemps, lui demandent de s'installer à leur chevet. Sans réfléchir, elle serre dans son poing les mouchoirs en papier, dans la poche de sa robe à froufrous. Elle est au premier rang et si elle se met à saigner du nez devant tout le monde, quel embarras. Mais ces saignements ne viennent pas ; elle lâche les mouchoirs ; bientôt, les enfants se mettent à chanter. Frère Harvey prie pour tous les enfants et les bénit ; puis il les renvoie chez eux, parents, grands-parents ou tierces personnes qui jouent le rôle des parents parce qu'il le faut bien.

Ella est si petite que lorsque les dames se massent autour d'elle, leurs chapeaux immenses se touchent comme de grandes corolles roses et lui cachent le soleil.

Maman tient Ella par la main tandis qu'elles se dirigent vers l'arrêt de bus. Ella saute par-dessus les crevasses où poussent les mauvaises herbes, avec en poche encore quelques Werther's de Mamie. Jahnae doit les attendre. Ella lève les yeux vers sa mère et lui trouve pourtant le visage tendu, taciturne. Son ventre a tellement grossi que chaque pas nécessite un effort conscient. Et voilà ce qui arrive quand on attend un enfant, saisit Ella. On ne peut plus sauter.

– Maman ?

– Oh, dit la mère, comme une somnambule qu'on réveille.

– Ça va, Maman ?

– Oui oui, mon bébé. C'est juste que… J'avais plein de choses à faire aujourd'hui, pour la garde d'enfants.

Elle ne poursuit pas.

– C'est bon, Maman. Moi aussi, je rêve debout.

– Ah oui ? Comment ça ?

– Mmmmm.

Silence.

– Mais quand ça m'arrive, c'est triste, en général. Parfois c'est joyeux, comme avec Kaylen, mais la plupart du temps, c'est triste.

Elle arrête de sauter, sans cesser de faire attention aux crevasses.

– Je vois des choses affreuses arriver aux garçons. Par exemple, Jelani qui se fait tirer dessus. Et Lesane : quand il aura dix ans, les Crips vont lui demander de quel côté il est et même si sa maman va lui apprendre à répondre qu'il n'est dans aucun gang, ça ne va pas le… Aïe !

Maman sort de nouveau de sa rêverie et s'arrête, tout comme si elle venait seulement de remarquer la force avec laquelle elle serre la main de sa fille.

– Oh, ma chérie, je suis navrée, dit-elle en s'agenouillant.

Mais Ella, en larmes, s'essuie le visage du dos de la main.

– Tu m'as fait mal, Maman !

– Je sais. Oh, mon bébé, ma chérie, je suis désolée.

Elle serre Ella tout contre son énorme ventre.

– Horriblement désolée, murmure-t-elle entre les nattes d'Ella.

– Je déteste cet endroit.

Maman cligne des yeux.

– Je déteste cet endroit. C'est tellement…

Elle cherche le mot qui fera comprendre à sa mère à quel point la violence est envahissante, à quel point elle déteste avoir à se cacher dans le placard chaque fois qu'il y a du gang dans l'air, à quel point elle déteste savoir à son âge ce que signifie le fait d'habiter dans une zone Hoover, ou d'imaginer quasiment en permanence les choses horribles qui vont arriver aux garçons d'ici, ce qui l'empêche de penser à tout le reste – au mot qui décrira ce qui lui ronge tout le temps les intestins et la manière dont le sol gronde sous ses pieds chaque fois qu'elle saigne du nez, comme si la terre allait ouvrir sa gueule et tout engloutir.

– C'est affreux, ici, gémit-elle.

– Oh, mon bébé.

Une expression d'impuissance frémit sur le visage de Maman. Le désespoir – puis ça passe ; Maman, Ella le sait déjà, ne veut pas que sa fille puisse la voir dans la detresse ; c'est affreux également d'avoir déjà compris cela.

– Ma chérie, ce n'est que le Diable à l'œuvre. Mais tu sais qu'il n'y a pas que le Diable par ici.

– Non, non, il est partout.

– C'est vrai qu'il a fort à faire ici.

Maman met de l'ordre dans la tenue de sa fille, lui effleure les manches de la main.

– Les gangs, la drogue, tout le mal que les hommes se font dans ce quartier. Parfois la police, même. C'est le Diable. Mais il faut que tu pries, hein, Ella ?

Ella hoche la tête.

– Voilà, mon bébé. On va prier ici, dans la rue.

– Il faut que je me mette à genoux ?

Maman pouffe de rire.

– Non, bébé. On va faire ça debout, ici. Il suffit de baisser la tête et de fermer les yeux.

Ella s'exécute ; la voix de Maman lui parvient dans un chuchotement sonore.

– Cher et béni Rédempteur. Je te demande en ces temps difficiles de protéger mon bébé, mon Ella. De l'encercler de tes boucliers de protection. Accorde-nous s'il te plaît de quoi nous nourrir et travailler, que nous restions en bonne santé et agissions selon ton bon vouloir. Je t'en prie, Seigneur, expulse le Démon de ce quartier, ménage-nous un refuge et accorde-nous la miséricorde durant notre périple sur terre. Je prie, Seigneur, pour les petits garçons qui grandissent en ce monde, qu'eux aussi tu les protèges, que tu les guides en tes voies, que tu puisses en tirer de grands et forts réceptacles pour perpétuer ton œuvre. Et quc, quoi que tu veuilles nous faire accomplir, nous puissions grâce à toi trouver le bon chemin. Seigneur, bénis mon Ella. Donne-lui de la force. Donne-lui de l'intelligence. Donne-lui du pouvoir. Tu es le mari des veuves et tu es le père des orphelines. Et quand tu en auras fini avec nous en ce monde, quand tu en auras fini avec ce monde, ce sera, nous le savons, pour en construire un meilleur. Nous prions en ton nom.

– Amen.

Ella, tout sourire, voudrait dire à Maman que pendant que cette dernière priait, elle en faisait autant de son côté, avec ses propres mots. Maman serait fière de cette prière-là. Mais les voilà déjà au carrefour où Jahnae attend ; Maman laisse sa fille la rejoindre.

– Fais attention à toi, ma chérie, crie-t-elle tandis que le bus s'arrête. Aujourd'hui, c'est Mamie qui viendra te chercher.

Jahnae monte sur le marchepied avant elle ; les petites s'installent sur la banquette, Jahnae contre la vitre et Ella à côté, cherchant du regard sa mère dont la silhouette s'amenuise dans le lointain.

– Tu vas voir que dès qu'elle sera née, dit Jahnae, ta sœur va te piquer tes vêtements.

– C'est pas une fille que Maman attend.

– Comment tu sais ça ?

De la même manière que je sais que le bébé de LaTonya, quand il sera plus grand, se fera tuer dans une ruelle. Que Kaylen plus tard travaillera dans un hôpital et qu'il sera doux avec de vieilles personnes blanches. Et qu'il va bientôt se passer un truc épouvantable. C'est ce qu'aimerait lui répondre Ella, qui se contente de :

– Mamie est incapable de garder un secret.

– Bonjour, madame Jones, braillent quelques-uns des copains de classe d'Ella en passant devant Mamie.

Des groupes se forment ; les gosses rentrent chez eux. Mamie leur répond par un geste de la main, les désignant tour à tour, et par un sourire affectueux qui les englobe tous.

– Prête ? demande-t-elle à Ella.

Ella hoche la tête. Elles repartent dans le silence qui ouate les rues une fois que les écoles ont rendu la liberté à leurs bordées de gamins. Quelques professeurs sont restés devant les portes à parler à voix basse, inquiets. D'un roi, ou peut-être de quelqu'un qui s'appelle King.

– Mamie ?

Ella donne un coup de pied à un galet qui part en zigzag et rebondit sur les arêtes du trottoir défoncé.

– Mmmh ?

– Comment ça se fait que tout le monde soit toujours en train de se battre ?

– Qu'est-ce que ça veut dire ?

Ella hausse les épaules, sans trop savoir quels mots conviennent à ce qu'elle voit toujours dans sa tête, ce qui annonce et suit ses saignements de nez.

– Ben… Les guerres de gangs. Comment ça se fait que les gens meurent tout le temps ? Et qu'ils soient toujours… tellement en colère.

Les ballerines de Mamie raclent le béton.

– Maman dit que c'est l'œuvre du Diable. C'est le Diable qui met les gens en colère.

Le front de Mamie se plisse ; Ella se demande si Mamie n'a pas oublié sa présence, parce qu'elle a ce regard un peu lointain qui ressemble à celui de Maman : fixe, les yeux qui ne se posent sur rien de précis, mais qui voient quelque chose qui échappe à Ella.

– Les gens ne sont pas en colère les uns contre les autres, finit par dire Mamie. Pas vraiment.

– Ils sont en colère contre quoi, alors ?

Ella serre les poings, comme chaque fois qu'elle n'est

pas loin d'arriver à l'un des résultats de sa table de multiplication, mais que ce n'est pas encore tout à fait ça.

– Ça a un rapport avec Rodney King ?

Mamie trébuche contre un obstacle mais se redresse aussitôt.

– Qu'est-ce qu'on t'a dit sur Rodney King ?

– J'ai vu quelques professeurs qui regardaient la vidéo. Celle où il est battu par la police.

Mamie reste muette.

Ella lui tire sur la manche.

– Mamie, il va se passer quelque chose d'affreux.

– La seule chose qui va se passer, c'est la volonté de Dieu.

En tournant dans Florence, elles tombent sur un groupe de gamins devant le Pay-Less Liquor. On entend des cris à l'intérieur du magasin, des bruits de choses qui se cassent. Avant même qu'Ella ait pu vérifier si les gamins portent des couleurs de gang, Mamie l'entraîne dans la direction inverse.

– Mais la maison, c'est de l'autre côté, Mamie.

– On n'est pas en sécurité, répond Mamie, essoufflée, en tirant sur le bras d'Ella pour la faire avancer plus vite.

Ella entend la porte en verre du magasin qu'on pulvérise et passe devant Mamie d'un pas rapide.

Mais en remontant Florence, elles s'arrêtent net. L'air soudain est devenu brûlant. Comme si le silence d'il y a quelques minutes cachait quelque chose. Le cœur d'Ella sombre dans sa poitrine. Elle sait : la terre va se soulever et nous engloutir. Il y a déjà au croisement de Florence et de Halldale une bonne vingtaine de policiers du LAPD, qui font monter de force un autre gamin à l'arrière d'une voiture de police, pendant qu'une foule de spectateurs s'approche en grondant.

– Seandel ! crie une voix dans cette foule qui enfle.

Elle remonte comme une vague vers les flics.

– Seandel !

Et l'effroi poignarde le cœur d'Ella. Dans la mêlée quelqu'un sort une caméra vidéo et, le dos courbé, commence à filmer.

Ella regarde par-dessus son épaule tout en courant près de Mamie et voit la foule noire déferler comme un tsunami vers les officiers ; elle n'a plus qu'une envie au monde, c'est se retrouver à la maison.

Des pneus crissent tout près ; le caoutchouc brûle ; une voix bien connue jaillit d'une vitre baissée.

– Ella ! Madame Jones !

C'est Frère Harvey. La sueur lui perle au front, imprègne le col de sa chemise ; ses bretelles pendent ; il est en bras de chemise : mais à la vue d'Ella et de la vieille dame qui l'accompagne, quelque chose se raffermit en lui.

– Hé ! Vite, montez.

Et c'est presque comme si Mamie par magie s'était emparée d'Ella pour la fourrer dans la voiture ; les portières s'ouvrent, se ferment et Frère Harvey redémarre, Ella sur la banquette arrière et Mamie à côté de lui.

– Il faut qu'on aille à l'hôpital. Voir Lanie.

– Oh, Steven, non ! Je t'en supplie, ne me dis pas qu'elle a été prise dans ces histoires.

La voix de Mamie n'est plus rectiligne, comme d'habitude ; elle chevrote.

– Non, c'est autre chose. Elle a des contractions. Le bébé ne va pas tarder.

Ella, sur la banquette arrière, voudrait dire quelque chose, mais elle est recroquevillée comme le fœtus dans le ventre de Maman, la peau en feu et la tête pleine d'orages ; elle peut à peine parler tant elle a mal, n'entend presque rien à travers ce filtre. Le fracas des bouteilles qui se cassent, les détonations des fusils, le crépitement des incendies, les klaxons, les cris de joie, les gémissements, tout lui parvient comme atténué par la douleur qui lui bouche les oreilles. Ce qu'elle craignait arrive. Parce que Maman va avoir un garçon, et qu'elle va l'avoir ici ; quand elle éclate en sanglots et que Mamie lui tend la main pour la consoler, la rage l'enveloppe ; elle voudrait repousser la main de Mamie et lui dire qu'elle ne pleure pas parce qu'elle a peur, mais parce qu'elle est en colère.

– Steven, qu'est-ce qu'il s'est passé ? Qu'est-ce que c'est que ce cirque ?

Il lui faut un certain temps pour répondre. La douleur qui a planté ses crocs dans les tempes d'Ella s'apaise juste assez pour qu'elle puisse l'entendre dire : « Ces flics. Ils ont été libérés. Ils n'iront pas en taule malgré ce qu'ils ont fait », et pour que Mamie chuchote « Dieu tout-puissant ».

Ella compte ses Mississippi. Après quatre, ça devient dur ; elle craque avant six.

Elle s'évanouit et ne reprend pas connaissance avant d'avoir été transportée dans la chambre de Maman, à l'hôpital. Centinela Hospital, Inglewood.

Elles ne rentreront chez elles que le lundi ; et certaines personnes qui sortent en même temps qu'elles découvrent, blessées, mutilées par les événements, le spectacle qui attend également Ella, Maman, Frère Harvey, Mamie, et désormais Kev. Les incendies ont tout détruit.

II.

Harlem

On étouffe, on suffoque. Même avec les fenêtres ouvertes, la transpiration coule, s'accumule, trempe les draps jusqu'au matelas et laisse des taches qui vont faire dire à Ella que j'ai encore pissé au lit. Un rat passe en quatrième vitesse. KEEEVVV ! KEVIN DUQUAN RAY JACKSON, ENFOIRÉ comme un réveille-matin. Et moi qui gigote de l'autre côté de la pièce, mon gros orteil en folie dans l'oreille d'Ella, pour la chatouiller ; Ella qui me repousse de la main : c'est ça qui la réveille, pas Maman. Le rat s'agite et trottine. J'ouvre les yeux, je regarde autour de moi, je hurle. Puis j'ajoute à voix basse :

– Ella, le rat.

Ella sait tout de suite où regarder. Sans un froncement de sourcil, sans un plissement de paupière, sans même un rictus de satisfaction, elle se lève, les bras plaqués au corps. Puis : le bruit cotonneux que produit l'explosion d'une tête de mammifère. Des traînées rouges qui jaillissent de l'ombre. La porte qui s'ouvre en grinçant au moment même où la cervelle du rat gicle de son crâne, ce qui fait que Maman ne l'entend pas – un bruit masque l'autre. Mais elle a vu le sang et comprend sans tarder qu'il va encore falloir nettoyer toutes ces cochonneries. Cela dit : au moins, Ella n'a pas utilisé son Don ailleurs que chez nous.

Maman n'a pas peur des rats. C'est plutôt l'idée que les gens surprennent Ella en plein Don qui l'effraie. Leur réaction s'ils se rendent compte qu'elle peut faire exploser la tête d'un rat sans y toucher, et autres exploits du même genre. Du coup, Maman flanque à Ella une tape sur l'arrière du crâne. Pour marquer le coup.

Maman balance la tête d'avant en arrière, soulagée, tout de même, parce qu'elle n'a pas eu à s'occuper du rat, parce que je n'ai crié qu'une fois, parce que ça n'a réveillé personne d'autre dans l'appartement. Ella croise mon regard : entre elle et moi, le train du complot file sur des rails invisibles. Comme toujours, je me retourne, le temps qu'elle puisse s'habiller, pour ne rien voir de sa gêne.

Les gamins les plus âgés de la bande qui traîne autour de la bodega parlent des examens de terminale comme d'une sorte de monstre qu'ils ne seront jamais capables d'abattre ; les autres s'en fichent. Et c'est ceux-là qui parlent le plus fort au moment où on les rejoint, Malik et moi. Malik est taiseux, assuré, comme la plupart de ces grands ; c'est peut-être pour ça qu'Ella l'apprécie autant. Je commence à me dire que la qualité la plus séduisante du monde, c'est de savoir la fermer : la fille qui tient parfois la caisse à la bodega ne dit jamais grand-chose quand tout le monde traîne dans l'entrée, entre les cours. Ella ne m'explique pas pourquoi Malik vient toujours me chercher à la sortie de l'école : mais je me dis que c'est parce que l'été ne va plus tarder et que même si ces histoires de gangs ne connaissent pas vraiment les saisons, la chaleur leur redonne de l'ardeur, comme ces moteurs qu'on étudie en cours de physique. Énergie cinétique. Thermodynamique.

Un des gars fait péter *Dipset Anthem* si fort sur ses enceintes que je sens les basses grésiller dans mon sternum.

– Salut, p'tit négro ! gueule un autre type, un des plus âgés, sweat Adidas et Timberlands, pendant que les autres checkent Malik et parlent à voix basse de trucs que je ne suis pas censé savoir.

Que Malik me présente à ces gars, ce n'est pas franchement un problème en soi, mais j'ai un sac à dos plein de devoirs que je suis censé finir avant le dîner.

– Salut, je lui réponds, d'une voix que j'aimerais plus forte.

– Alors qu'est-ce t'as appris aujourd'hui ? me demande Adidas. Vous avez vu ce p'tit ? ajoute-t-il, pour les autres. Putain, lui, c'est le gosse le plus futé du quartier. Carrément un cyborg. Il pourrait réparer tous les ordinateurs du coin. J'vais vous dire, ce négro, il fera Harvard. C'est couru d'avance.

– En histoire, le prof nous a parlé de George Washington Carver.

Adidas retient la fumée de son joint.

– Ah ouais ?

Il se retourne vers les autres.

– Hé les gars, et si George Washington Carver s'était retrouvé en taule ?

Et l'air tout de suite s'épaissit d'un chœur de « Quoi ! », « Naaaan », et ils se tordent tous de rire – même Malik pouffe.

– Ce mec, comme c'était un boss au Nord, il serait passé au Nord, dit un gars à la peau claire que tout le monde appelle Havoc, comme le rapper de Mobb Deep.

– Il aurait fabriqué du C4 avec des cacahuètes. Il aurait balancé une cacahuète par terre, et pof : il en serait sorti une échelle, comme dans *Inspecteur Gadget* !

Ils rigolent si fort que leurs visages se tordent de douleur.

– Y aurait eu la Grande Évasion à la cacahuète, dit Arian en toussant, après avoir tiré sur le pétard qu'Adidas lui a passé. Genre, ils arrivent dans un cul-de-sac. Et George Washington Carver enlève sa chemise : il a un plan de la prison sur le dos, mais c'est juste une allergie de folie aux cacahuètes.

Adidas :

– Les matons lui courent après, il balance sa putain d'huile de cacahuète par terre ; ils se cassent tous la gueule.

Ils se mettent tous à mimer un personnage de dessin animé qui glisse sur une peau de banane :

– OUAH OUAH OUAH !

Havoc agite les bras pour attirer l'attention de ses copains.

– Sa daronne, elle est genre : « George, encore à faire le con avec tes cacahuètes ? » et lui, il répond : « Ma, tu ne comprends pas ma vision des choses ! » Hé, vous vous rappelez la scène dans *Do The Right Thing*, quand Spike Lee colle un glaçon sur les tétons de Rosie Perez ?

Arian s'en mêle.

– Y FAIT LA MÊME CHOSE AVEC UNE CACAHUÈTE !

Et ça les fait tous craquer, même Malik.

Pendant qu'ils sont focalisés sur les cacahuètes, je me faufile dans la bodega climatisée : l'air y est frais. Je salue de la tête le chat de la bodega installé sur les rouleaux de PQ emballés dans du plastique, à l'autre bout de la boutique. On est en sécurité dans la bodega ; et quand je vois Jamila derrière le comptoir, les manches de son sweat-shirt remontées jusqu'aux coudes, lesquels sont posés sur la plaque de verre de chaque côté d'un magazine grand ouvert, je sais que je ne risque plus rien.

– Qu'est-ce qui te faut ? elle demande sans lever les yeux.

– C'est moi, je lui réponds, ce qui la tire de ses doubles pages de photos.

– Tes potes font du bruit.

Et sa voix suinte de réprobation. Ses boucles pendent

de partout, sauf devant son visage, et elle a ce genre de grands yeux marron qui font vite oublier qu'elle est capable de vous poignarder d'un regard méchant.

– C'est pas mes potes.

Jamila a un petit sourire. Elle referme son magazine et croise les bras sur le comptoir.

– Ahmed n'est pas rentré mais il va pas tarder. Tu fais un cours de soutien, ce soir ?

– Je veux dire… Pourquoi pas, mais j'avais pas…

Ahmed se pointe, l'air traqué, soucieux.

– J'aime vraiment pas ça quand ils glandent devant la boutique sans rien acheter, il marmonne.

– C'est le quartier qui veut ça, lui dit Jamila avec un accent qui sent déjà son Harlem, même s'ils sont là depuis peu de temps.

– Hé, Kev, me demande Ahmed avant de disparaître dans l'arrière-boutique. Comment va Ella ?

À sa dernière crise, Ella est tombée du canapé, bras gauche inerte, le reste du corps en convulsion ; un vent venu de nulle part a tout fait valdinguer dans la pièce ; les meubles dansaient comme des marionnettes au bout d'un fil ; des yeux d'Ella couchée par terre, on ne voyait plus que le blanc. Puis Ella est revenue à nous, juste au moment où Maman finissait de tremper la couverture dans l'eau du bain, pour envelopper Ella, la rafraîchir tandis qu'elle se remettait.

– Ça va, j'ai répondu.

Du bruit dans la rue. Une voix :

– Hé, hé, éteins-le.

Une autre qui marmonne :

– Ta gueule, j'éteins rien.

Puis un choc, chair contre chair.

– De quoi tu causes connard, balance-le. J'peux pas me refaire choper, tu sais très bien que je suis en conditionnelle.

Puis d'autres voix encore, sourdes, reconnaissables. Les flics. Par la vitrine, je vois les gars tous alignés, les mains sur les murs et les vitrines, les jambes trop écartées, puis j'entends le *clic* des menottes qui se referment sur les poignets, les protestations, les « Mais m'sieur, on n'a rien fait » et je me demande qui va aller en taule ce coup-ci, mais les flics se contentent d'attendre pendant qu'un des gars est couché face contre terre sur le trottoir. Il est menotté dans le dos. Ahmed lui aussi profite du spectacle et les émotions se succèdent sur son visage : satisfaction à l'idée que les glandeurs ont enfin ce qu'ils méritent, culpabilité parce qu'il est peut-être la cause de leurs ennuis, colère aussi : les flics n'ont pas besoin d'en rajouter à ce point. Un des gars traite un flic de « Jackie Chan » : choc sourd, quelques clics de menottes supplémentaires.

– Hein, tu veux sortir ton flingue ? Ben sors-le.

C'est la voix d'Adidas.

– T'as peur ?

– Ahmed, dans l'arrière-boutique, fissa, murmure Jamila avant de glisser la main sous le comptoir pour y récupérer…

Une arme, je sais.

– C'est ce que vous alliez faire, m'sieur. Vous pensez qu'on va se défendre ?

Je me souviens qu'ils sont sept ou huit dehors, et qu'il n'y a peut-être pas le même nombre de flics en face. Mais j'entends deux ou trois flics qui rigolent.

– Putain, cassez-vous, gueule Havoc.

Voix qui sonne étouffée, pourtant : l'homme à terre, c'est lui.

– Tu les vois qui se marrent ?

Cette fois-ci, c'est Arian :

– Tu vois comment tes potes sont pétés de rire parce que tu t'es fait total baiser, mon négro ? Ben c'est pas tes potes.

Et des hurlements, des cris, mais cette fois-ci des rires plus nombreux.

Je m'approche discrètement de la porte, pour voir la foule qui s'est amassée dans la rue. Renforts.

– Kevin, qu'est-ce que tu fous ?

Murmure hargneux de Jamila.

– Écarte-toi de la porte, connard !

Mais ce que je vois dehors me remplit de joie. Mon corps s'en réchauffe : un radiateur dans la moelle de mes os. Un des flics se penche pour ôter les menottes de Havoc, qui se relève tandis que la patrouille recule.

– Vous avez noté l'adresse ! Revenez plus tard, bande de lâches, gueule Havoc.

Mais ce n'est pas lui qui fait reculer les flics : c'est plutôt la foule qui enfle, les quelques personnes qui filment. Et ça, ça a le goût de la victoire.

Un goût qui dure, même lorsque Malik revient me chercher, salue Jamila et Ahmed d'un « Hello » qui sonne comme une excuse et me ramène à Ella. L'expression du visage d'Ella : c'est ce qui me fait comprendre qu'il n'y a pas eu de victoire qui tienne aujourd'hui. Que quand les gens m'appellent l'enfant des émeutes parce que je suis né en plein dedans, ça n'a rien d'affectueux. C'est plus compliqué que ça. Le genre de chose que tu ne comprendras que plus tard, disent toujours les vieux – Maman et les parents des autres.

On joue sur le plancher en bois, dans l'appartement. Il fait chaud dehors ; dedans, on étouffe. Pas de rideaux à la fenêtre du salon au septième étage : le soleil nous inonde sans obstacle, un enfer rectangulaire en plein milieu de la pièce, si petite qu'il n'y a pas moyen d'en sortir. Maman prépare à manger dans la cuisine ; la fumée et l'odeur ajoutent à l'enfer. Ça n'est pas respirable, mais Maman nous interdit de sortir, Ella et moi. La chaleur rend les gamins violents et il ne faut pas longtemps pour que l'imagination de Maman parvienne à l'enchaînement suivant : quelqu'un se sert d'une arme à feu ; Ella utilise son Don qui n'est pas encore bien contrôlé ; il y a plus de morts qu'il en faudrait ; Ella est démasquée, ou pire : démasquée et morte ; Maman reste avec les morceaux sur les bras et la culpabilité de n'avoir pas pu protéger ses gosses. Et donc on reste bouclés dans l'appart, Ella et moi, qui sommes encore ses gosses. Je suis assis en face d'Ella, qui fait rouler une boule de feu sur sa paume et je la regarde, les yeux écarquillés, et ni elle ni moi ne savons encore que la fixer de cette manière va nous bousiller irrémédiablement. La boule étincelle, cerclée de filaments de fumée noire qui serpentent sur sa circonférence et filent vers le plafond.

– Fais-la moins chaude, Ella, je demande, presque sur le ton de la prière.

Ella essaie. La température baisse un peu, juste assez pour que la fraîcheur de la transpiration nous soulage.

Je flaire l'odeur de la cuisine de Maman et tords la bouche.

– Hé, négro, je me trompe ou t'es en train de t'amuser ? je demande, imitant du mieux que je peux le ton de voix d'un prof de primaire, performance qui n'a rien de glorieux – j'ajoute à ma petite voix de gamin des basses et du grain.

Ça nous fait rigoler.

– Hé, négro, je me trompe ou t'essaies de mettre l'air conditionné dans le salon ?

Nouvelle salve de rires.

– Hé, négro, je me trompe ou t'essaies de faire en sorte que la vie vaille la peine d'être vécue ?

Rires, encore, mais j'ai touché un point sensible – grave et triste. Ella s'arrête.

L'air redevient brûlant, irrespirable ; nous attendons encore un peu de voir ce qu'Ella va faire avec son Don, mais Maman nous demande de venir dans la cuisine car le repas est prêt. On ne saura pas, donc. Sauf qu'en rejoignant Maman, je vois qu'Ella a une main dans le dos et que la boule de feu est devenue dure, froide, duveteuse. Je lis dans le regard d'Ella qu'elle va essayer de me la lancer, sa boule de neige.

– Putain, cette beuh, tu sais, elle m'a total rétamé, tu sais.

J'entends les voix avant d'arriver à mon étage ; je les reconnais aux inflexions : c'est Havoc et un autre type de mon immeuble, dans la cage d'escalier. Je me trouve à deux étages en dessous quand je sens le machin. Les pannes d'ascenseur, j'ai horreur de ça, parce que ça veut dire que je vais devoir traverser les nuages de beuh qui embrument la cage. Quand ils s'y mettent, on ne voit plus rien par les fenêtres.

L'automne est plus froid que les autres années : et qui a envie de se geler les doigts en se défonçant ?

– Hé, passe quand même le joint, dit l'autre type.

Quand j'arrive sur leur palier, j'arrive à voir dans la brume qu'il porte un sweat à capuche Nike Tech.

– C'est la fête à Brooklyn cette nuit, va y avoir du beau monde là-bas.

Havoc ne m'a pas vu venir, mais je fais celui qui n'a pas peur de lui et de son pote. Malik n'est pas avec moi : et même s'il n'a aucune raison de m'en vouloir, Havoc est quand même le genre de type qui flaire la trouille, même dans la fumée et dans l'assaut. Ils sont tous comme ça. Tout à coup, mes bouquins de classe pèsent des tonnes.

– Non, mon pote, dit Havoc. On a des problèmes à Brooklyn. C'est chaud.

– Alors on va dans le Bronx.

– Naaan, négro. Là aussi, on n'a pas que des potes.

Ce qui a l'air de désespérer l'autre type.

– Bon, ben on se casse carrément. Si t'as un Tech avec le truc à gauche, t'es sucé direct, mon pote.

Je vois Havoc qui secoue la tête.

– Quand c'est chaud, y a plus d'hiver.

Je ne peux pas m'arrêter, je ne peux pas ralentir. Et donc, je continue comme si je ne les avais pas entendus. Lorsqu'il m'aperçoit dans la brume, l'autre type met la main à sa ceinture ; Havoc lui prend le bras pour interrompre le geste. Si j'étais de la Housing Police, je bougerais un peu plus vite.

– Ce n'est que moi, j'arrive à leur sortir.

Et Havoc se marre, même si je vois l'autre type me vriller du regard comme si je venais de là où il ne faut pas.

– C'est bon, c'est bon, murmure Havoc, avant de me demander : Tu fumes ?

Je secoue la tête.

– Le jour où je fume, je suis SDF. Maman a pas ce genre d'énergie à perdre.

En plus, si Malik apprend qu'on m'a proposé de l'herbe alors que je suis censé adhérer à son foutu programme « J'aime mon bahut », il va bousiller ce mec.

– Hé, p'tit négro, dit l'autre type, c'est comment, dehors ?

Pour une raison inexplicable, sa voix me paralyse. Je ne sais pas pourquoi il me fout autant la trouille, mais j'ai l'impression qu'il va se passer de sales trucs. Comme quand on se lance dans un baston : le sang te monte aux joues et le temps devient à la fois très rapide et très lent.

– Tu veux dire, question flics ? Y en a deux ou trois devant l'immeuble, mais…

– Mais non, pas les flics. Le temps.

Ma réponse l'a fait pouffer et il se détend un peu. Comme s'il avait compris que j'étais un bon petit.

– Quel temps il fait, dehors ?

– Dans la rue ? Un froid de dingue. Je crois qu'il commence à neiger.

L'autre type roule des épaules.

– Ça me va. J'ai jamais froid.

Havoc hausse un sourcil.

– Tu sors avec une capuche ?

– Ouais !

Havoc secoue la tête et tire sur le joint qu'il a gardé à la main.

– Ah ouais, t'es pas pareil, vieux.

Son rire s'enveloppe de toux.

– Tu vas choper des engelures, négro.

L'autre type tchipe.

– Les engelures, chais pas c'que c'est. Le froid m'aime pas, je pue la merde.

– Mec, couvre-toi, quand même.

Je me marre, le poing sur les lèvres ; j'essaie de ne pas leur montrer, parce que je ne sais pas si cet autre type n'est pas du genre capricieux et ne va pas m'anéantir s'il voit que je rigole.

– La capuche, c'est ça qui couvre, dit l'autre type. C'est mon blouson, mon veston, mon sweat, mon tee-shirt.

– Mec, t'es malade.

Havoc ne peut plus s'empêcher de glousser maintenant.

L'autre essaie de garder son sérieux, mais il sait que c'est un jeu ; du coup, tous les trois, on se tire une petite guirlande de rire parfumé à la beuh jusqu'à ce que j'entende un gros bruit à l'étage.

Les rires s'éteignent ; l'idée qu'il va se passer quelque chose de grave me reprend aux tripes.

– Chez toi ? demande Havoc, en tendant le menton vers le plafond.

Ces derniers temps, Maman et Ella s'engueulent de plus en plus souvent et je suis devenu expert dans l'art de programmer mes sorties pour rater les pires moments. Mais je ne peux pas repartir maintenant, avec les flics devant l'immeuble – je sens la beuh à plein nez – et la neige qui commence à tomber. Alors je me contente de baisser la tête et d'émettre un petit « Ouais ».

– Bonne chance, p'tit négro, me dit Havoc en me checkant ; l'autre type en fait autant, à ma stupéfaction – mais sans commentaire.

Devant notre porte, j'hésite un moment, puis je sors ma clef et pousse la poignée du coude. À chaque fois que j'entends quelque chose se casser, je sursaute. Mais c'est d'autres bruits qui me clouent dans l'entrée. Oh, si j'attends encore un moment, ça finira par s'arrêter. C'est alors que j'entends des voix. Quelqu'un essaie de parler, de hurler plutôt, mais quelque chose lui écrase les mots dans la gorge.

Mon sac de bouquins tombe avec un gros bruit ; je me rue dans la chambre que je partage avec Ella depuis qu'on est gosses. Il y a des bouts de bois et de verre partout par terre et une couverture roulée autour du cou de Maman, dont les pieds pendent dans le vide. Au milieu de la tornade, il y a Ella, le regard vitreux, les lèvres retroussées sur les gencives, une main levée vers le plafond, comme si elle avait chopé un cou, comme si elle le serrait.

Ella va tuer Maman. Je hurle :

– Ella !

Je repars aussi sec vers l'entrée. Je m'écrase contre le mur en poussant un petit cri et retombe par terre. Dans les autres pièces, les meubles se mettent à voler dans les airs. Je repars dans la chambre : cette fois-ci, le vent me heurte de plein fouet et me fait reculer. La tempête me rugit dans les tympans.

– Ella, je hurle.

Je me cramponne aux montants de la porte ; il n'y a plus de battant, il a sauté des gonds.

– Ella !

Quelque chose se déchire en moi. La pensée disparaît ; alors, pendant quelques secondes, je l'aperçois. Des éclairs de souvenirs et de sentiment qui ressemblent à des tessons de miroir. Une dispute – qui va faire le ménage dans la chambre. Un docteur blanc qui vire Maman d'un coup de coude alors qu'elle s'occupait d'un malade. Maman qui attend l'ascenseur et quelqu'un qui lui passe devant et l'empêche de monter. Des gosses qu'on menotte et qu'on entasse dans des fourgons de police. Des pseudoflics gras du bide qui patrouillent dans les couloirs du bahut pendant les récrés. Puis je reviens à moi ; le vent est tombé, Maman est assise par terre ; elle tousse, les mains sur le cou. Ella se tient debout au centre de la chambre, stupéfaite ; elle pleure sans bruit. Et ne cesse de répéter « Je suis navrée ».

Je me précipite vers Maman qui essaie de se relever et n'y arrive pas.

– Maman, je murmure. Maman, ça va ?

Elle parvient à se rasseoir et, adossée au mur, m'écarte d'un geste de la main, aspirant l'air à longues inspirations tremblantes. Je scrute son regard, comme si le fait de savoir ce qui s'y trouve m'indiquait ce dont elle a besoin : j'y vois du calme, de la patience, et aussi de la peur. Et ça me donne envie de tuer Ella, le fait qu'elle ait fait peur à Maman.

Mais quand je me retourne vers ma sœur et que je la vois à genoux, les mains ballantes, les joues inondées de larmes, c'est le sentiment qui me vient à moi aussi.

J'ai peur d'Ella.

Je rentre tard à la maison.

Bien que Maman soit encore au boulot, la télé est allumée dans la cuisine ; Ella est assise à la table et regarde l'écran comme s'il lui avait planté des hameçons dans la peau. Elle n'est pas habitée par la même vacuité que lors de la crise d'il y a quelques mois. C'est autre chose. Je ne pense pas l'avoir jamais vue dans cet état.

– Ella ! T'avais oublié de fermer la porte. Maman va te massa…

Des éclairs de lumière bleu et rouge à la télé : rien de nouveau. Une info sur la police ou sur quelqu'un qui s'est fait tirer dessus – mais Ella n'a pas bougé d'un pouce depuis que je suis dans la cuisine. Ses cheveux sont complètement gris. Ses poings tremblent.

Je suis à deux doigts de lui gueuler dessus, puis je me ravise ; ce doit être important, ce qu'elle regarde.

À la télé : des flics scotchent des bandeaux dans la brise, derrière le journaliste emmitouflé dans son manteau de fin d'automne. Des amis qui sortaient d'une boîte. La police de New York est sur place. Une voiture et cinquante impacts de balle. Sean Bell. Le présentateur continue à parler mais je n'ai d'yeux que pour Ella, qui ne quitte pas l'écran des yeux.

– Ella ?

Ses joues ruissellent de larmes. Elle ne bouge pas.

– Ella, ça ne va pas ?

Je pose la main sur son épaule. La douleur se réverbère entre mes oreilles. Je ferme les yeux et ne vois plus que des flammes, des flammes partout. Des gens dans la rue qui scandent des slogans, le *clic* des menottes qui se referment sur des poignets. Je retire la main. J'ai l'impression d'avoir touché une plaque de la cuisinière. Mais rien ne bouge dans la cuisine ; l'air ne sent pas le soufre ; le parquet ne tangue pas sous mes pieds comme avant chacune des crises d'Ella.

– Ella ?

– Il va se produire quelque chose de terrible.

Elle me dit cela d'une voix de plomb. Puis elle disparaît.

– Kev ?

Maman est sur le seuil de la cuisine. La cuisine envahie par les nouvelles de la fusillade.

– Où est Ella ?

Et Maman se met à regarder la télé ; et peut-être y voit-elle ce qu'Ella a vu avant elle, car elle aussi se fige. Elle reste immobile un long moment, et je ne sais pas quoi faire : alors j'éclate en sanglots et c'est ce qui tire Maman de son cauchemar éveillé. Tout d'un coup, elle m'enveloppe de ses bras, elle me serre contre elle avec une telle chaleur que j'ai l'impression de fondre en elle.

– Ne t'en fais pas pour ta sœur, murmure Maman.

Il y a dans sa voix cette certitude qui lui vient quand elle prie pour nous.

– Seulement, essaie de… ne pas te mettre en colère. Elle l'est, elle ; elle a besoin d'un peu de solitude.

– Elle va revenir ?

C'est ce que j'arrive à dire quand j'arrête de pleurer. Maman ne répond pas.

Je voudrais dire à Maman qu'après la dernière crise d'Ella, les choses allaient mieux, que j'ai lu des tas de choses qui n'étaient pas au programme et que j'ai peut-être commencé à comprendre ce qui se passe avec Ella, et qu'une fois que je serai à la fac, je continuerai à travailler la question. Je voudrais dire à Maman que nous sommes en voie de guérison, que nous réparons ce que nous pouvons, qu'aucune de nos blessures n'est irrémédiable, que la seule manière d'empêcher ce qui ronge Ella de l'intérieur de la dévorer entièrement, c'est de rester ensemble. Mais ne viennent que des sanglots, et quand j'essaie de me creuser la cervelle pour trouver une solution, pour comprendre ce que je dois construire pour la faire revenir, pour vaincre ce qui la torture, rien ne vient.

Le BX19 freine comme une bouse, avec une quasi-embardée au croisement de la 145th et de St. Nicholas. Je me faufile entre les passagers emmitouflés : la porte arrière est fermée. Un vent glacial souffle par la porte avant, grande ouverte, et je hurle :

– La porte arrière !

Les passagers font masse. Le bus s'arrête au feu.

– La porte arrière !

Putain de merde.

– Bordel, chais très bien que t'as entendu, négro ! Tu vas l'ouvrir, cette putain de porte !

La porte s'ouvre lentement, à regret ; je descends d'un bond.

– Et va te faire foutre !

C'est ce que je gueule avant de rabattre la capuche en fourrure de mon manteau sur ma tête et de me diriger vers la bodega, près de mon immeuble. Il y a déjà un tas de types qui attendent devant. J'entends une voix qui dit « 'Tain, alors ouais… », et je me tends, parce que je n'ai aucune envie de passer une heure ici à entendre le mec raconter la manière dont sa meuf l'a planté – une fois de plus.

– Alors, dit Tone en me checkant.

Les doigts se tordent, se crochètent, les mains se serrent et c'est fini. Puis :

– Alors, alors, alors, jusqu'à ce que tout le monde ait checké.

– Qu'est-ce qu'il fait froid, mes potes. Je vais m'acheter un sandwich. Vous m'attendez ?

– Tu me prends un *chopped cheese*, gueule Melo dans mon dos.

– Va te faire foutre, je lui réponds, et tout le monde se marre.

Dans la bodega, il fait chaud et sec ; la viande crépite sur le gril et ça sent le paradis. De l'autre côté du comptoir, au téléphone, un nouveau, un mec de la Dominique.

– Je voudrais un œuf-bacon-fromage.

Et je dois me balancer d'un pied sur l'autre pour ne pas crever de froid, même si la vitrine est embrumée de chaleur. Le type derrière le comptoir ne bouge pas d'un pouce et continue à parler tout bas au téléphone, la voix pleine d'amour.

– Hé, je peux avoir un œuf-bacon-fromage, s'il vous plaît ?

Comme si je n'existais pas.

– Hé, putain, je peux avoir un œuf-bacon-fromage, négro ?

Je frappe le comptoir en verre du plat de la main, histoire d'insister ; cinq minutes plus tard, je suis dans la rue et la moitié du sandwich a déjà disparu.

– Hé, tu savais que Jamila était à la bodega, puisque c'est les vacances de Noël ?

La question tranche dans le nuage des conversations et j'en oublie mon sandwich.

– Ah ouais ?

– Hé, c'est toi mon négro ? dit Melo en allumant le joint qu'il a aux lèvres.

– C'est pas ma meuf, mais essaie de tenter le coup avec elle, sérieux, je te défonce.

Sérieux, je ne le suis qu'à moitié quand je leur dis ça – mais je ne sais pas quelle partie de ma réponse les fait marrer.

Une voiture de flics ralentit et s'arrête de l'autre côté

de la rue. Melo sépare le joint de son filtre et le planque juste derrière la semelle de sa Timberland. Il n'y a qu'une raison à la venue des flics, c'est nous. Alors on se prépare.

– Monsieur ? je dis, en guise de salut.

Mais ils ne sont pas contents et se ruent vers nous comme le vent d'hiver, tout à l'heure, dans le bus. Avant d'avoir pu dire « Putain », me voilà à terre avec une godasse de flic sur la joue, et tous les autres autour de moi qui gueulent : « C'est quoi ces conneries. » Ça m'électrise le corps. Depuis qu'Ella est partie, c'est tout le temps comme ça. Comme si elle avait embarqué le champ magnétique qui me protégeait. Et quand tu arrives à un certain âge, tu comprends que le champ magnétique était une cage, et c'est peut-être en partie pour ça que je me retrouve avec de la neige dans un œil et la boue de la Nike du flic dans l'autre.

– T'as un truc sur toi avec lequel tu pourrais me planter, putain de sous-merde ?

Question du flic qui me fouille les fringues. Il est à deux doigts de trouver le cutter dans la poche intérieure de mon manteau ; mais je sais que les gars autour ont sorti les téléphones et qu'ils filment, ce qui calme un peu les keufs. Ils me passent les menottes et me tordent les bras pour me faire asseoir. Les autres, ils les alignent contre le mur, les mains sur la vitrine.

– À qui je ressemble, m'sieur ? je ricane. À quel suspect, ce coup-ci ? On va éclaircir ce point. Je suis prêt à vous aider, si ça vous dit.

– Qu'est-ce t'as à harceler mes gars ? demande Cassidy.

J'aboie de rire.

– Vous en faites pas pour lui. Il s'est pas encore remis du match de basket de l'autre fois et de mon crossover du diable. Pas vrai, officier Grosses chevilles ? Il lui faut son quota d'arrestations dans le mois. Le pauvre, il a des hérissons bleus qui lui sortent du trou de balle.

Le flic me file son poing dans la gueule, pile sur la pommette ; je reste sur le dos une seconde, sonné, avant de me rasseoir et de cracher du sang sur la neige. Puis je leur souris, les dents rouges.

– Pose ton flingue, et on refait le match, commissaire Tony Parker. C'est NY Panier à salade, mon négro.

Il est sur le point de m'en recoller une quand un de ses collègues lui plaque la main sur la poitrine ; les autres lui balancent des trucs à voix basse. Pour finir, l'un d'entre eux, que je n'avais pas encore vu, se pointe et m'ôte les menottes.

– Merci, m'sieur l'agent, je lui dis, avec un signe approbateur de la tête.

Et tandis qu'ils repartent j'ajoute :

– Bonne nuit à tous, hein, messieurs ! Restez au chaud !

Je marmonne « poulet mouillé » pendant que les bagnoles repartent. Puis me retourne et que vois-je – mon sandwich, par terre. Écrabouillé par une semelle de Nike.

Quand je repenserai à cette journée, je saurai qu'on était en pleines vacances de Noël : en repartant dans la rue, je me cognerai la hanche contre une poubelle au coin du trottoir et serai à deux doigts de m'étaler dans la neige dégueulasse. Je me rappellerai juste à temps qu'il faudra que j'enlève ma cagoule, que je collerai à la poubelle ; je me débarrasserai de mon blouson couvert de sang dans une ruelle avant de retourner à la bodega. Là, c'est tout juste si je ne m'écrase pas sur la porte. Je grelotte dans mon Tech gris à capuche. Une fois à l'intérieur de la boutique, je ralentis le mouvement. Je vais jusqu'au fond du magasin pour voir s'il y a encore du sang sur mon sweat ou sur le tee-shirt que je porte en dessous. Je scrute mon reflet dans les portes en verre du frigo à sodas. Puis la clochette de la porte d'entrée, deux flics qui se pointent ; je remonte ma capuche et je traîne dans la bodega, je fais semblant de regarder les rayons tout en remontant discrètement vers l'entrée ; les flics sont encore là, à raconter des conneries. Alors je suis bien obligé de repartir vers le fond, d'attendre, puis d'éviter de croiser celui qui s'est séparé de ses potes pour faire sa ronde. Et quand le sang aura fini de battre contre mes tympans, j'entendrai de vagues bribes d'une voix familière. Et puis je penserai que le chemin est libre et je me ruerai vers la porte ; et l'un des flics me heurtera de plein fouet et me poussera contre le comptoir ; il m'écrasera le visage sur la plaque de verre ; un autre me frappera aux côtes et me tordra les bras dans le dos ; le premier me relèvera la tête et la plaquera sur le comptoir, si fort que le verre se fendra et que le sang jaillira de mon arcade sourcilière.

Je saurai que c'était les vacances de Noël, parce qu'en essayant d'échapper à la prise du flic, j'arriverai à relever la tête et je verrai Jamila derrière le comptoir, ses yeux bruns écarquillés par l'épouvante.

En cet instant précis, je sentirai une partie de l'univers se séparer du reste, comme une branche se détache du tronc ; et je suis dans ce bout d'univers, avec elle. Je suis devant le comptoir ; Jamila est là parce que c'est les vacances de Noël ; moi aussi, je suis en vacances, après avoir appris et construit des tas de trucs au lycée ; Jamila et moi, nous parlerons de ce dont les gens parlent quand ils savent déjà qu'ils vont tomber amoureux, qu'ils vont se marier, qu'ils vont élever des putains de gosses sublimes, brillants, pacifiques.

Mais là, putain, j'aurais préféré qu'elle ne me reconnaisse pas. J'aurais tout donné pour qu'elle ne me reconnaisse pas, putain.

Une année, à Noël, quand on était petits, Maman, ayant vu quand elle faisait le ménage chez eux entre deux journées de boulot à l'hôpital ce que les familles blanches offraient à leurs gosses, Maman nous avait rapporté un petit train flambant neuf. Engrenages et pistons miniatures, locomotive à la peinture rouge et bleu impeccable. Je poussais le train en faisant *tchou-tchou* sur le tapis et sur les rails qui grimpaient en colimaçon sur la montagne en carton à la fin du circuit. Le train allait jusqu'au sommet de la montagne et redescendait à toute allure ; les wagons se percutaient les uns les autres, finissaient en accordéon ; il n'y avait plus à la fin qu'un tas de ferraille dont les passagers imaginaires appelaient tous à l'aide avant que tout explose, par magie : il n'y avait plus personne pour gémir. Un jour, pourtant, Ella m'a dit que ce train transportait de la dynamite pour faire exploser un pont, qui se trouvait dans un autre modèle de train ; elle a prétendu qu'un garçon qui avait à peu près mon âge, je crois, avait joué avec des allumettes dans ce train dont les wagons n'étaient pas en métal et en plastique mais en bois, qu'il avait fait tomber son allumette et qu'il avait remonté tout le train, comme dans les films : il était monté sur le toit par une échelle et sautait, téméraire, de wagon en wagon. Ella et moi, on avait une musique de bande-annonce de film plein la tête. Et le feu – le vrai feu – avait pris dans un de nos wagons pendant qu'Ella faisait grimper le train dans la montagne, grâce à son Don ; le premier wagon n'était plus qu'une boule de feu, pouf, et les autres à la suite ; il n'y avait plus sur les rails qu'un convoi de feu à l'assaut de la montagne, un vent imaginaire rejetant les flammes en arrière comme une vague de cheveux roux. C'était magnifique, jusqu'à ce que Maman se pointe, flaire la fumée et nous ordonne d'éteindre le feu, parce qu'Ella finirait par faire flamber l'appartement et là, on n'aurait plus que nos yeux pour pleurer.

Ella avait passé l'année suivante, sous ma surveillance attentive, à réparer les dégâts, à nettoyer les bouts de montagne carbonisés, à reconstituer le train. Elle n'était jamais parvenue à lui redonner sa forme d'avant – du moins pas à nos yeux.

III.

Rikers

Ella s'enfonce dans le désert en soufflant bruyamment, sac au dos. Elle Voyage de mieux en mieux, même s'il lui est encore impossible de déterminer ses points de chute à bonne distance des gens : ça, c'est un sacré stade à franchir. Elle ne tarde pas à s'arrêter, cependant, à poser le sac à terre. Un nuage de poussière jaillit tout autour. Le rabat du sac s'ouvre de lui-même et se répandent des lentilles transparentes qui contiennent des roulements à billes. Elles s'élèvent en arc de cercle et constituent pour finir une colonne si haute qu'elle doit se tordre le cou pour en voir le sommet. Un cercle d'une cinquantaine de centimètres de diamètre apparaît sur le sol, à ses pieds. Elle aime bien ce coin ; s'il lui fallait expliquer pourquoi, elle dirait, mi-sérieuse, mi-moqueuse, que c'est parce qu'ici, elle peut s'exercer à casser des choses sans blesser personne. Ici, au milieu des vestiges rouillés d'une armée, ailes et membres de combinaisons volantes, chars de déminage et Gardiens, hauts comme des immeubles de dix étages, gisant tels des squelettes blanchis sous le soleil, elle peut pulvériser, fendre, disloquer tout ce qu'elle veut sans verser une goutte de sang. La vraie raison, cependant, c'est la contagion. Elle ne supporte pas que leurs pensées se fondent aux siennes, elle ne veut pas sentir ce qu'ils ont en eux, entendre leurs préjugés, leur haine, leur apathie gicler en boule de flipper derrière ses yeux.

Elle lève la main, pince une mince couche d'air entre ses doigts puis baisse brusquement le bras, comme si elle tirait sur la ficelle d'une trappe.

Les roulements se rabattent au sol. Les disques lenticulaires se brisent sous l'impact et glissent vers le bord du cercle avant de s'y figer. Pendant une ou deux secondes, Ella se demande si elle n'a pas pétrifié le monde entier, et pas seulement les disques. Un condor plane dans les hauteurs. Des bousiers trottinent sur la caillasse. Non, le monde bouge encore. Elle secoue le poignet ; les fragments des lentilles se recollent, aériens : la reconstruction est parfaite. Elle recule presque aussitôt.

La colonne se rétrécit, à hauteur de regard. Ella plisse les paupières. Les lentilles tournoient sous ses yeux. L'un des disques porte une fine fissure. Ella fronce les sourcils.

Les disques réintègrent le sac.

En quelques bonds elle progresse de dix ou vingt kilomètres dans le désert. Elle s'arrête au bord de la falaise qui surplombe la mesa – argile craquelée, vidée de son eau, recuite, lambeaux de désert tout en poussière et en éboulis. Ici, dans le vent, ses tresses d'argent lui fouettent le visage. C'est toujours le moment qu'elle préfère.

Elle écarte les bras, pour le plaisir de la pose, se penche et tombe, tombe, tombe interminablement. Puis, peu à peu, le vent change alentour, se tord en doigts invisibles qui la font tournoyer puis repartir en spirale vers le ciel ; elle plane ; ses jambes pédalent dans les airs ; une bulle de rire naît dans sa poitrine ; elle repart comme une flèche vers l'avant et, pendant tout le reste de l'après-midi, ne fait que voler, planer encore et toujours.

Un tintement résonne en elle ; elle s'arrête en pleine progression, flotte entre les parois d'un canyon, se retrouve en direction de l'est ; elle sait qu'à des milliers de kilomètres, à l'extrémité de son regard, se trouve un ensemble d'immeubles en béton, un amas de pierre, de métal, de lumières fluorescentes, de sang, de rouille.

La dernière fois qu'elle a rendu visite à son frère, il a cru rêver. C'était à la nuit, après le dîner ; il était couché sur le lit du haut, exposé sans protection à une ampoule trop lumineuse qui crépitait assez fort pour l'empêcher de dormir ; il avait pris Ella pour une hallucination, car quel genre de type voit planer au-dessus de son lit une personne disparue depuis plus de cinq ans ? Mais il avait compris aussi qu'il ne fallait rien dire, de peur que son codétenu se fiche de lui ; il s'était souvenu qu'Ella était capable de certaines choses, d'étranges choses, qui la dévoraient de l'intérieur : et cependant, elle avait l'air en pleine forme, même avec ces cheveux tout gris. Et sans bouger les lèvres, elle lui avait dit qu'elle avait appris à contrôler son Don, qu'elle l'avait dompté ; et Kev l'avait dévisagée, muet de stupéfaction, pendant qu'elle projetait ses aventures dans la tête de son frère. Ella avait vu Kev imaginer Ella projetant un véhicule blindé de transport de troupes sur un bataillon de flics en uniforme antiémeute. Elle le voit se demander si ce savoir lui suffira pour convaincre les matons de ne plus le harceler et les gars de la détention ordinaire de lui foutre la paix. Comme ces types qui se bastonnent avec des gens moches que leur propre tronche indiffère : comme ils n'ont rien à perdre, ils tapent comme des malades. Ils se rendront compte que la fille qui est foutue de balancer un VBTT sur une brigade de flics antiémeute, c'est sa sœur. Qu'il n'y a aucune raison valable pour Kev de rester en taule s'il a Ella dans son équipe. Et qu'il est donc absurde qu'il y soit encore.

La première fois qu'elle lui a rendu visite, elle a vu ce combat se jouer sur le visage de son frère. Tu pourrais me sortir de ce trou, mais ici, justement, il y a une sécurité, une routine et une violence que je ne connais que trop bien. Et puis, vers la fin, une brève réminiscence du Kev d'autrefois, au moment où il lui balance une pensée, une nuée de sentiment, d'émotion, de couleur, plutôt qu'une suite de mots. Un avertissement. Sois prudente, Ella. Ne leur montre pas ce dont tu es capable.

De ce qu'ils pourraient faire subir à Ella s'ils savaient ce qu'elle est, ils ne disent rien. Ella voudrait à tout prix expliquer à Kev qu'avec le temps, ça n'aura plus aucune importance, ce qu'ils pourraient lui infliger. Ça n'aura aucune importance parce que ça n'arrivera pas.

L'ampoule clignotait et le temps que la lumière revienne, Ella était partie. En battant en retraite dans son appartement de New Haven, elle avait senti les conséquences de la visite lui ramper sur le corps comme de fins tendrons, l'aura bleu marine du chagrin qui s'attachait encore à elle, simulacre infime et murmurant du sentiment qui l'avait engluée la première fois qu'elle avait quitté les siens. Le jour où elle avait vu les cinquante impacts de balle dans la voiture de Sean Bell et qu'elle avait disparu sans prévenir.

– J'ai plus envie d'avoir des fantômes en visite, avait articulé Kev sans remuer les lèvres. Si c'est pour te voir, autant que ce soit en chair et en os.

– Tu vas pas me demander la raison de ce truc ?

Kev n'a pas besoin de lui montrer l'entaille sur sa tempe et le pansement qui fait de son mieux pour dissimuler la longueur de la plaie sans y parvenir.

Ella se carre dans la chaise, de l'autre côté de la table, pendant qu'êtres aimés ou parents ou amis ou vieux copains de classe ou connaissances venues régler de vieilles disputes ou enterrer la hache de guerre se prêtent à l'exercice de la visite. Ella a les bras croisés, une attitude qui n'est que provocation. La colère, inhabituelle et lente, lui serpente au fond des tripes, rampe jusqu'à l'arrière de son crâne.

– Non, répond-elle.

Kev se penche vers elle ; il a déjà cette habitude qu'ont les taulards de courber le dos, comme des conspirateurs, comme des escrocs de cinéma ou de série télé.

– Tu vas lire dans mes pensées, genre ? Ou passer les cervelles des matons au scan ? Je suis sûr que tu n'as qu'à poser la main par terre pour savoir tout ce qui s'est passé dans cette taule depuis la nuit des temps.

Il n'a pas tort. L'esprit d'Ella est allé traîner dans celui d'une des surveillantes adossées au mur du parloir, la matraque coincée sous ses bras croisés. Il y a un taulard, un noir avec des tresses serrées qui discute avec un type, sans doute un frère ou un cousin du même gang, qu'elle prend bien soin de ne pas surveiller et Ella devine, peut dire sans même Plonger, que ces deux-là baisent ensemble. Les souvenirs filent comme des tessons le long de sa ligne de mire : ces deux-là dehors, lui avec sa bande, quand il était plus jeune, elle avec une cousine plus âgée ; elle et sa cousine portent d'énormes créoles avec leurs noms gravés en lettres d'or ; en sortant du cinéma, elles passent devant le garçon et sa bande ; le garçon lui gueule dessus et la grande cousine lui dit d'aller se faire pendre dans un espagnol fluide et acéré comme une lame. Puis des incursions furtives chez l'un ou l'autre pour baiser quand la fille sort du lycée ; et le garçon qui se chope des mauvaises notes et sa mère qui n'est jamais là, parce qu'elle jongle avec trois boulots ; le garçon qui ne supporte pas de voir un jour l'avis d'expulsion glissé sous leur porte, comme c'est arrivé aux voisins du dessus, et qui commence à dealer ; et quand il frime devant la fille avec ses pompes neuves et sa chaîne (qu'on lui vole une semaine plus tard : il faudra qu'il casse la gueule à quelqu'un pour la récupérer), elle a un petit sourire, et la cousine redouble d'efforts pour que la gamine ne tombe pas dans les griffes de ce Problème sur pattes, avec sa peau luisante de sueur, son blouson Carhartt, ses muscles et ses bijoux. Nouvelles séances de baise, la fille va à la fac, le type en taule pour usage de drogue et non-respect des règles de sa libération conditionnelle ; au changement d'équipe, il se retrouve en rang d'oignons avec les taulards de son bloc, lance un regard du coin de l'œil et qui voit-il : sa meuf d'autrefois remontant la rangée de types en leur tapotant les cuisses de sa matraque ; il se souvient de la manière dont elle se collait à son dos quand ils faisaient grincer et gémir tous les ressorts de son sommier.

– Ce n'était pas elle, dit Kev.

Et Ella se rend compte qu'elle dévisage la surveillante.

– Je sais.

Mais Ella a du mal à se concentrer parce qu'à trois tables d'elle, un prisonnier vient de se coller un couteau artisanal bien emballé dans le rectum ; Ella ressent la chose dans son propre cul. Et dans la vision de ce prisonnier, et désormais dans l'œil d'Ella, apparaît très brièvement une image : un bout de Kleenex qu'il a fourré dans la serrure de la porte de sa cellule, pour pouvoir l'ouvrir quand bien même elle apparaît comme verrouillée sur le tableau de contrôle du matin. Puis un fragment tremblant, au ralenti, dévoilant les intentions du type : à l'extinction des feux, il va rejoindre deux copains qui ont procédé de la même manière pour planter un type de l'Aryan Nation dont le fils, hors les murs, a envoyé le fils du taulard numéro un à l'hosto pendant un rassemblement pro-Confédérés.

– Mais c'est ça qui est bien avec l'infirmerie, tu sais ? On est un peu libre. C'est comme ça qu'on y arrive. C'est comme ça qu'on t'accorde un peu d'attention, ce dont tu meurs d'envie. Au bout d'un moment, c'est un peu comme à la maison.

– Je sais que je ne viens pas souvent.

Ella a l'impression de s'excuser, ce qu'elle n'aime pas beaucoup. Mais ça ne va pas jusqu'à la haine.

– Mais tu sais comment c'est, la famille.

Quand Kev, les mains croisées, finit par relever la tête, il y a de la peur dans ses yeux. C'est la première fois depuis le début de la visite. Dans son cerveau, il y a des capsules, des comprimés. Sertraline, Actifed, des médocs que lui file le personnel de santé, qu'il met parfois de côté pour pouvoir se coucher et les prendre tout d'un coup, en attendant qu'ils fassent leur effet – mais il se réveille toujours le lendemain en comprenant que, putain, il a encore flanché. Tout cela passe dans le regard de Kev et Ella le voit, même si ses doigts éphémères ne peuvent qu'effleurer les contours de cette pensée. Et Kev qui lui demande sans ouvrir la bouche : *tu pourrais la faire cramer, j'en suis sûr, la carboniser, cette saloperie, entièrement ; je t'en prie, Ella, mets-y le feu.*

Elle baisse les yeux, puis relève la tête et son regard passe au-dessus de Kev. Il y a un prisonnier qui discute avec la mère de son bébé ; la jambe de ce type tressaute parce que plus tôt dans la journée, il a inondé un surveillant, lui a balancé de la pisse en pleine tronche, a trempé le devant de son uniforme ; lui a pratiquement vidé le ballon dessus ; il a tout de suite mis les mains derrière la tête, pour montrer aux caméras qu'il ne résistait pas, qu'il ne frappait pas le maton. Il savait que ce type et ses potes allaient l'attendre, peut-être juste à la sortie des douches, dans l'angle mort des caméras, pour l'envoyer à l'hosto ou pire lui faire la peau, et ce serait la dernière fois alors qu'il poserait le regard sur son enfant.

La table de fer se creuse à l'endroit où pèse la main

d'Ella ; quand elle s'en rend compte, elle ôte sa main et la repose sur sa cuisse.

Un homme âgé raconte à son petit-fils, amené par sa fille, qu'il s'est mis aux échecs : quand il sortira, il pourra jouer avec le petit, qui, apparemment, est déjà un expert en la matière. Et disant cela, il sait bien qu'il ne sortira jamais, qu'il mourra soit ici, soit dans une prison du nord de l'État : à ce qu'il paraît, ce sont plus des mouroirs qu'autre chose. Ce qui ne l'empêche pas de raconter au petit qu'il a appris à jouer en solitaire, ce qui rend sa situation moins angoissante, à ce qu'il dit, même si sa fille sait exactement ce que signifie un séjour au mitard. Et les mots de l'homme ont des couleurs éclatantes ; Ella entre dans l'imagination de l'homme, le voit jouer avec le prisonnier de la cellule d'à côté ; ils dessinent le jeu sur une feuille et se hurlent les coordonnées des mouvements ; et la solitude envahit la vision de sa pourpre et rappelle au vieil homme à quel point sa cellule était sale le jour où il y a été introduit. Seul moyen pour faire venir les services d'hygiène : boucher les toilettes avec des livres qu'on lui avait envoyés, causer une inondation, ou casser le siège, carrément, pour que la cellule devienne inhabitable.

Ella voudrait conseiller à Kev de se contenter de survivre, comme si ça suffisait. Se contenter de survivre. Mais dans sa gorge cette demande devient chose cruelle.

Elle ne veut pas réduire en fumée tout ce secteur – ses dix blocs à soixante lits chacun, ses cellules d'isolement de trois mètres sur deux cinquante, ses couloirs et ses caméras disposées de telle façon qu'il y a toujours eu des effusions de sang là où elles sont aveugles, et ses rambardes, et ses barreaux, et ses stores à lamelles et sa climatisation de merde. Elle veut être capable de remonter le temps, de tendre la main et de la poser sur le cœur de Kev, le soir de la tentative de cambriolage à main armée.

Ou quelques années de plus, et rester plus longtemps au côté de Kev, pour le garder dans sa bulle protectrice, que les flics l'emmerdent avec moins d'ardeur. Ou un ou deux ans encore et l'empêcher de devenir copain avec Freddie, qui sera un jour embarqué par les flics simplement parce qu'il a dévisagé l'un d'entre eux trop longtemps, Freddie à qui on brisera la colonne vertébrale dans le fourgon qui l'emmène au poste. Parce que si Kev ne s'en était pas fait un ami, un frère quasiment, en l'absence d'Ella – qui est allée découvrir son Don en un lieu où elle ne fait de mal à personne –, il ne se serait peut-être pas retrouvé en taule. Ou remonter plus loin encore et inciter Maman à s'installer dans un endroit où la terre ne prend pas feu sous eux, où ils pourraient prendre racine, où les blancs en voudraient peut-être un peu moins à sa peau.

Je pourrais arrêter le temps pour toi, *Kev*, est-elle sur le point de lui répondre.

La peur s'amenuise dans le regard de son frère et elle comprend qu'il l'a, de toute façon, entendue.

Le frère et la sœur échangent un sourire de part et d'autre de la table.

Plus tard, en se dirigeant vers la sortie, Ella croise une jeune femme ; une douleur lui hérisse la moelle épinière ; elle la voit : voit la latina à la chevelure sombre et bouclée, le petit garçon dominicain sur son genou, elle les voit chez eux, elle voit la latina dans la cuisine hurler de douleur en apprenant la mort du père de l'enfant, elle voit la femme latina, la mère du mort et leur avocat étudier les rapports d'autopsie qui parlent de ses ulcères, les rapports, les notes qui mentionnent que lorsque ces ulcères se sont perforés, les autres détenus ont appelé au secours pendant que le gardien de service sirotait son café au bout du couloir, dans son bureau, un œil sur les écrans. Ella voit la femme et le petit garçon revenir chercher les affaires du défunt :

son sweat à capuche rouge siglé Champ, son portefeuille et une casquette des Bulls, gris, rouge et noir. La femme, dehors, serre ses bras sur sa poitrine pour se garder du froid et donne le sweater à son fils, qui grelotte.

À la visite suivante, Ella trouve Kev dans sa cellule.

– Viens avec moi, lui dit-elle en lui prenant la main.

La nuit se fait jour.

Ils ne savent pas où ils sont : c'est l'une de ces zones du pays qui ne sont que désert nu et broussailles brun-vert, avec des montagnes qui semblent toujours lointaines et un ciel qui est toujours bleu, sauf lorsqu'il est noir fileté de diamant. Ils ont Sauté. Le corps de Kev est resté dans la cellule. Mais par la grâce d'un seul contact, la main d'Ella sur celle de Kev, son esprit s'est enfui. Elle a du métier.

– Le Sud, pour moi, ça pourrait aussi bien être la Tchétchénie, dit Kev après s'être mis à l'aise.

Elle se demande si cela vient d'un autre prisonnier, son codétenu peut-être, ou de quelqu'un dont le souvenir lui colle à la mémoire.

Ils sont adossés à des motos, sur une piste, dans le désert ; Ella convoque un vent léger ; elle n'a même plus besoin de ses mains pour le faire lever. Elle les garde au fond des poches de son jean déchiré ; au tableau ne manque plus qu'une cigarette. Ella pense à Malik, à la nuit précédente, à la manière dont elle a découvert ce pouvoir-là. Sur son lit, au cœur d'une nuit new-yorkaise étouffante et humide, baignée dans le bleu d'un clair de lune, ils ont voyagé sur l'aile d'une pensée vagabonde de son matelas une place aux plages de la côte dalmate. Senti la boue du rivage entre leurs orteils, entendu les talons d'une femme claquer sur les pavés, vu le bleu le plus pur, le plus clair de la Méditerranée. Puis ils sont rentrés.

Ella regarde Kev, ne s'introduit pas dans son esprit, se contente de le dévisager, de remarquer les nouvelles touches de gris, la nouvelle dureté, les cicatrices qu'elle ne peut pas voir mais qu'elle sent. Il n'a pas la tête d'un garçon de dix-huit ans. S'il pense que le Sud ressemble à la Tchétchénie, que dire de son propre foyer ?

Des nuages gris tournoient au loin ; un éclair zèbre l'horizon. Deux bonnes secondes plus tard suit le tonnerre.

La foudre frappe encore, gifle la terre avec le même rebond que la serviette de bain mouillée avec laquelle ils se fouettaient quand ils étaient gosses tous les deux. De petits incendies se déclenchent.

Kev s'adosse de nouveau contre la moto, dans la même posture qu'Ella ; et leurs corps se faisant ainsi écho, leurs esprits se mêlent l'un à l'autre ; ils échangent des visions de paysages d'apocalypse aperçus au sud de la ligne Mason-Dixon. La Floride est accablée de radiations, lacérée, labourée par la destruction. Le golfe du Mexique vomit ses déchets toxiques dans les plaies ouvertes qui dévastent la Louisiane. L'Arkansas et le Tennessee ont viré au blanc et bleu sous des couches de neige vengeresse venue de nulle part pour rendre fous les climatosceptiques. Ils en viennent au Mississippi ; Ella y fait halte, parce qu'à l'époque Maman en parlait ; Ella imagine la chaleur, les moustiques, les graminées, la brume plutôt que la fumée et les balades en voiture avec l'odeur de l'herbe qui vous enveloppe comme une couverture ; un sound system dans un vieux break pourri, portières ouvertes, braille des tubes de la Motown ; et tout le monde est cousin avec tout le monde, et se retrouve soudain avec de la sauce barbecue plein les doigts, et les ventres se remplissent d'abondance. Maman ne disait peut-être pas tout ça quand elle prononçait « Mississippi ». Elle ne parlait peut-être pas des moustiques ni de la musique. Mais c'étaient les seuls moments où elle n'avait pas l'air d'être toute d'acier aux yeux d'Ella.

L'incendie se propage sur un front régulier mais ne dépasse jamais les frontières du nuage qui le recouvre, comme s'il était prisonnier d'un cylindre ; Ella a l'impression que Kev fredonne, mais elle n'en est pas sûre, à cause du vent. Kev a les yeux fermés, paupières légères. Il sent le vent lui souffler au visage et ça le fait sourire. Puis le vent agrippe le feu de ses doigts et serre ; la couverture nuageuse disparaît, bien trop vite.

– Debout !

Le maton frappe les barreaux de la cellule de Kev de sa matraque, chassant Ella et Kev de leur vision. Kev tombe du rêve, atterrit sur son lit. Une image reste d'Ella dans les airs. Il lui faut redoubler d'efforts pour éviter de se ruer sur le maton pour le décapiter, stopper les battements de son cœur, lui réduire la tête en bouillie. La main d'Ella, translucide, se détache de celle de Kev. Sa projection astrale reste encore un moment à flotter au-dessus du lit avant de s'évanouir.

Les événements peuvent se développer d'un million de façons qu'Ella voit toutes s'accomplir sous ses yeux. Dans des projections holographiques qui croissent et se solidifient, formant des escaliers de bois qui grincent sous les lourdes semelles et des fenêtres si sales qu'on voit à peine dehors s'il pleut, s'il neige, s'il fait soleil ; un visage sur lequel pousse la chair, tiède au contact ; une lueur de tristesse ou de joie ou un mélange des deux dans le regard.

Elle savait bien qu'elle se retrouverait ici. Ce qui n'était pas si certain : arriverait-elle directement dans la cuisine, y attendrait-elle ou apparaîtrait-elle à la porte, ce qui est finalement le cas ? Elle ne savait pas non plus si elle devait se mettre en quête d'un autre appartement ou si ce qu'elle cherchait se trouvait dans celui qu'elle avait quitté tant d'années plus tôt, mais voilà : la chose est là, sous ses yeux. La porte, réparée, sans aucune trace, comme si elle n'avait jamais vécu ici, jamais monté et descendu cet escalier quand l'ascenseur était en panne, dans la lueur éternellement vacillante des appliques parce que le propriétaire ne fera jamais réparer l'électricité.

Elle ne sait pas ce qu'elle dira. Si elle commencera par s'excuser, ou si elle dira à Maman qu'elle a appris à voler. Ce qu'elle sait : les visites à Kev, c'était pour se préparer à cela. À revoir Maman.

Dans une des versions, elle frappe doucement à la porte, que Maman ouvre ; la surprise explose, une supernova dans les yeux de Maman ; les deux femmes restent là, à attendre que paraisse l'inquiétude : ce ne serait qu'un rêve qui va passer, une brume qui va disparaître du miroir. Dans une autre, Maman se doute qu'il y a quelqu'un à la porte et l'ouvre : Ella est là, qu'elle regarde comme si elle était partie la veille, comme si c'était l'ordre naturel du monde qui lui avait ramené sa fille, comme si elle savait de tout temps qu'Ella agirait de cette manière. Dans une troisième version, le choc laisse place à la peur et cela insuffle dans le cœur d'Ella assez de douleur pour qu'elle en vienne à penser que c'était une mauvaise idée, que Maman ne devrait plus jamais la revoir. Dans une quatrième, Maman n'accorde pas une seconde à la stupéfaction. Sa lèvre inférieure se met à trembler. Son regard se brouille de larmes. Elle sait exactement ce qu'elle a devant elle : ni un rêve ni un cauchemar au cours duquel Ella apparaîtrait pour lui être dérobée à la seconde suivante. Elle sait que c'est Ella qu'elle a sous les yeux ; elle en est reconnaissante, elle serre sa fille dans ses bras, sans oublier qu'Ella pourrait la tuer avec la pensée de trop. Maman lui fait confiance, cependant : Ella l'épargnera. Elle sait que toutes les bonnes nouvelles que va lui apprendre Ella, toutes les méthodes qui lui permettent de contrôler son Don, tout ce qu'il lui a permis d'offrir à Kev – tout cela est vrai. Et elle pleurera des larmes de joie sur l'épaule d'Ella, dont le tee-shirt s'imprégnera de toute cette reconnaissance ; elle chuchotera avec ardeur une prière de remerciement. Cette fois-ci, elle a passé avec succès l'épreuve imposée par Dieu. Avec cela, avec sa fille et son Don.

Ella lève le bras pour frapper à la porte.

Il y a une ligne de bus qu'on appelle le Rikers.

Ella prend le M60-SBS sur la 125th. D'habitude, elle monte à Lexington, parfois un peu avant, selon l'heure à laquelle elle est rentrée le soir précédent. Parfois, après son déménagement à New Haven, elle se lève avant le soleil, le précède dans New York, surprend ses premiers éblouissements juste avant que le train ne s'engage sur le pont. Le M60 l'emmène sur Astoria Boulevard ; elle prend le Q101 sur la 23th Road. Parfois, le bus est pris d'assaut par des gosses qui vont à l'école et qui s'amassent dans l'allée centrale. Parfois il est vide. Parfois les seuls autres passagers tiennent des sacs en plastique transparents qui ne contiennent que des articles autorisés dans l'enceinte de la prison. Ce que ces gens feront ce matin, Ella alors le comprend avec certitude, avec immédiateté. Il n'y a aucune camaraderie parmi ces passagers agrippés aux sangles, pas de perception partagée des petites tortures infligées par la municipalité, de l'irritation que peuvent procurer les mesures de sécurité de la prison, de ces événements idiosyncrasiques qui se produisent de temps à autre quand on est happé par la prison, mais laissé dans l'ignorance des traitements effroyables et abjects que subit tel ou tel détenu – qui parfois se trouve être celui auquel ils rendent visite. Il n'y a de commun à ces passagers qu'un nuage lugubre flottant dans l'air qui les contient et les sépare ; ils descendent à l'arrêt Hazen et attendent le Q100, le bus pour Rikers, qui leur fera traverser le Styx et les conduira dans la réalité parallèle et fatale où se dresse Rikers. Où les cercles de l'enfer ne rayonnent pas vers l'extérieur, mais emplissent l'espace comme des orbites satellites.

Ella s'inquiète parfois, quand elle monte dans le Q101, de devenir un jour comme ces autres femmes, ces autres hommes qui rendent visite à des amis, des frères, des sœurs, des épouses, des maris, des pères, des mères, des tuteurs, des parrains, des marraines, des harceleurs, des victimes, des piliers de la communauté, l'homme qui vendait du crack à leur mère. Ces visages morts. Cette abolition de la pensée qui va avec le remplissage minutieux du sac avec des objets et des fournitures, pour que rien d'interdit ne pénètre dans l'enceinte de la prison.

Lorsque le frère et la sœur sont au parloir, assis de part et d'autre de la table, Ella pousse un lent soupir. Un jour, ils l'ont conduite dans un autre parloir. Il y avait une vitre entre eux ; Kev était entravé : on l'avait le matin même classé « détenu à problèmes ». Pas d'ecchymoses sur son visage, pas de boiterie perceptible, mais sa démarche traînante dissimulait très visiblement une souffrance physique. Les côtes, peut-être ?

Pas de chaînes, cette fois-ci. Il s'avance librement et le mouvement de ses bras, même s'il n'est ni délié ni ample, reflète cette liberté.

Il parle de libération conditionnelle, de voir les autres sortir, sans pour autant s'exciter à cette perspective, parce que dehors sera pareil qu'ici, et qu'il faut attendre quelques années avant de pouvoir y prétendre. S'il arrive à éviter les ennuis. Pas de contact avec d'anciens condamnés : ce qui veut dire qu'il ne peut même pas monter dans la même voiture que Melo, que Prodigy, que tous les types du pâté de maisons. Qu'il doit se présenter régulièrement à l'agent de probation – or la plupart de ces types sont des connards, et celui-là ne décrochera peut-être même pas le téléphone. Qu'il faudra qu'il signale tous ses changements d'adresse et ainsi de suite.

Ella sait qu'elle devrait être excitée, elle aussi, à la perspective de la sortie de prison de Kev ; seulement, elle revoit en esprit le film de l'assassinat d'Oscar Grant à Oakland ; elle se demande si elle aurait les tripes de filmer la mort de Kev et de la retransmettre en direct sur internet. Elle ne sait pas ce qu'elle ferait. Kev est peut-être plus en sécurité à Rikers. Et soudain l'idée qu'il puisse se retrouver dehors, où tant de choses se sont produites sans lui, terrifie Ella.

Ce n'est que le début d'un séjour beaucoup plus long que je l'avais prévu. Mais j'apprends vite, il le faut bien, parce que je suis arrivé beaucoup plus jeune que la plupart des autres ; je commence chez les mineurs – le Robert N. Davoren Complex –, avant d'être surclassé et de finir par partager une cellule et un réfectoire avec les adultes.

Ce vieux type – il s'appelle Ricky – est penché sur moi ; il alterne une gorgée de Capri Sun et une bouchée de cookie aux pépites de chocolat pendant que je chie ; je me plaque la main sur les yeux pour essayer de chasser le mal de tête qui me rend presque aveugle. Je ne distingue pas les mots dans ce qu'il raconte, j'entends juste le bourdonnement de moustique de ses histoires, de sa prétendue sagesse ; les peines de prison ne peuvent que déboucher sur d'autres peines de prison, dit-il en gros ; on ne devrait se retrouver à Rickers que pour des courtes peines ou de la préventive ; et le fait est que ce sont principalement les négros qui ne peuvent pas se payer les cautions qui atterrissent ici ; il parle aussi de la pauvreté qui devrait être illégale et j'aimerais pouvoir lui dire de fermer sa putain de gueule avec ma voix de Harlem, stridente, impérieuse, vibrante de violence. Je n'ai plus la même ici. Je pose des questions du genre : « On a un problème ? » ou bien « Vieux, ça va ? », ce qui peut vouloir dire « T'as besoin d'un coup de main » ou « Tu veux mon pied au cul » ; et c'est comme les checks de gang : tout le monde perçoit immédiatement la nuance.

– Rick, je murmure. S'il te plaît, ferme ta gueule.

La migraine se calme un peu, mais me voilà avec la tête qui tourne et j'ai peur de tomber des chiottes avec mon uniforme sur les chevilles, le cul à l'air, et ça sera emballé pesé parce que Ricky ici présent ou n'importe qui d'ailleurs ne reculera pas devant un petit coup de bite. Ricky se met à fredonner ce qui ressemble à un vieux negro spiritual, une chanson de taulard ; je ferme les yeux, les paupières serrées et soudain je sens la Louisiane sous mes pieds. Une tempête de couleurs, de sons, d'odeurs, puis tout disparaît. La migraine et le reste.

Des murmures filent au long des cellules ; je finis de poser ma crotte, je me torche, je regarde par les barreaux : les types se tordent poignets et doigts pour faire passer des bouts de papier. Merde.

J'ai sous mon lit un paquet de *National Geographic.* Je les sors de là et je me les colle sur le torse, devant et derrière, avec du gros scotch. Il y a de la tristesse dans le regard de Ricky.

– Sors pas de la cellule au moment de la promenade, je me contente de lui dire, sans me retourner complètement.

Et soudain, au-delà de ses yeux, c'est dans le foutoir de ses pensées en lutte que je rentre : d'abord son chagrin de constater que c'est devenu un jeu pour les plus jeunes, qu'il est trop vieux maintenant pour ce chaos quotidien qu'est la prison, puis sa reconnaissance parce que ce type, ce Kev, NYSID numéro 25768192Y, monte la garde pour lui, veut le mettre à l'abri. Enfin la joie rude d'échapper à la violence, une sorte de paix étincelante.

Des groupes se forment dans la cour. Huit à côté des barres d'exercice, quatre sur le terrain de base-ball, neuf près des bancs. Un des taulards du groupe des bancs fait semblant de nouer ses lacets, exhibe un couteau fait maison.

Ma bande se rue sur sa bande et je ne sens rien.

Le métal rouillé qui explose les mâchoires. Les poings qui écrasent les pommettes, éclatent les côtes. L'empreinte d'une semelle sur le sternum d'un type. C'est la gravité qui nous fait nous entrechoquer et nous nous transformons en électrons séparés par des forces plus puissantes que nous. C'est de la physique, tout simplement. Les crochets rageurs, amples, l'écrasement. Le claquement des phalanges sur les chairs tendres, la poussière qui nous recouvre mais qui ne peut cependant étouffer les piaillements des talkies-walkies et le sifflement de la première grenade lacrymogène lancée parmi nous, les toux. Les toux brodées de sang. Tout cela nimbé d'inévitabilité.

La brûlure s'empare de mes yeux, de mon visage, et je retourne rampant à la fin du combat, pour me perdre dans la mêlée des corps. Le sang d'un autre sèche déjà sur mes phalanges.

– À terre, putain, et bouge plus !

Je n'obéis pas, parce que c'est ainsi que les choses sont censées se dérouler.

La première décharge me traverse le corps et je me prépare à tomber. C'est alors que j'entends des os se briser. Et vois, dans la fumée, le maton qui vole dans les airs et atterrit un peu plus loin. La terre frémit sous mes pieds, comme si elle se préparait à m'engloutir. Un cratère s'ouvre. Puis un deuxième, puis dix autres. Les matons braillent.

J'entends siffler les balles en caoutchouc. Un nouveau lancer de grenades. Puis, enfin, l'obscurité.

Je me réveille nu dans une cellule pour une personne, un bout de papier jaune collé sur le torse. Il y a un uniforme bleu posé au bout du matelas vert. La cellule est encore pleine de l'odeur des trois types qu'on a collés à l'isolement. Dans une nuée de douleur, je rampe jusqu'à l'uniforme et, finalement, me décide à ramasser le bout de papier.

« Ce détenu ne peut être maintenu en détention ordinaire. Incontrôlable. Ne dispose plus d'aucun privilège. Ni télévision, ni livres, ni draps, ni produits d'hygiène, surveillance 24h/24. »

Je suis au mitard.

J'essaie de reconstituer les derniers moments de la baston, le bruit du sol martelé par les corps, du sol qui se fracasse, le surveillant en vol plané, battant des bras comme un nageur, l'atterrissage sur le dos dont il ne se relève pas. Si seulement je pouvais retrouver une respiration régulière, ça pourrait aller. Il suffit que je garde mon calme – mais comme il y a de l'imprévu, ma migraine est de retour.

J'ai saigné du nez.

Ella garde le riz et les haricots au chaud dans deux plats, pour Maman qui rentre de son boulot à l'hôpital sans même s'être changée. Après une garde de nuit, Maman n'a jamais l'air fatiguée. Elle ne s'endort jamais dans le métro, garde les yeux grands ouverts pendant tout son long voyage, monte par l'escalier et ne s'endort pas dans son assiette. Et cette résistance une fois de plus étonne Ella. Une fois, elle a essayé d'insinuer paix et sérénité dans l'esprit de sa mère, pour l'aider à dormir ; Maman l'a interrompue d'un « Ne fais pas ça » tranchant, avant de s'endormir par ses propres moyens.

À présent Maman s'assied dans la cuisine et laisse échapper un soupir.

– C'est gentil d'avoir nettoyé la salle de bain.

Ella sourit. C'est le moins qu'elle puisse faire : le ménage, quand Maman travaille ; elle sait cependant que si Maman la remercie, c'est parce qu'elle sait qu'Ella, de temps en temps, a besoin de se sentir utile.

– Tu travailles aussi ce soir ?

– Mmmmhmmm, répond Maman, la bouche pleine de haricots.

– Tu voudrais qu'on fasse quelque chose, le jour où tu auras une soirée de libre ? Un cinéma, un restau ?

Maman lève les yeux puis fronce les sourcils. Le silence solidifie l'air entre elles. Maman repose sa fourchette.

– Qu'est-ce qu'il y a dans ces boîtes, Ella ?

Par-dessus son épaule, Ella lance un regard aux boîtes à chaussures en feignant la surprise. Quand elle se retourne, elle n'arrive pas à regarder Maman dans les yeux.

– Oh, c'est juste que je me suis dit que si tu avais besoin de l'argent qui…

– Il vient d'où, cet argent ?

Ella voudrait lui répondre sèchement, lui expliquer, féroce, qu'elle a un Don unique, un don qu'elle peut utiliser et que toute sa vie, elle a donné, donné, donné : alors maintenant, pourquoi ne pas prendre quelque chose dont personne n'a besoin ; ce n'est pas comme si elle l'avait volé à une personne, comme si elle avait spolié une de leurs connaissances. Ella voudrait cracher ces mots : j'en ai marre des vols à la petite semaine, marre de faucher de la bouffe dans les supermarchés ou de faire disparaître le papier-toilette des rayonnages de la bodega. Elle est capable de raser un immeuble entier, elle peut plonger dans les profondeurs de n'importe quel esprit, comprendre ce qui inquiète les gens, ce dont ils ont besoin ; elle peut les manipuler. Elle peut faire voler les objets.

– Pourquoi tu n'en veux pas ?

Ella prononce cela dans un sifflement.

– J'en ai pas besoin.

– C'est faux.

– Ella, je n'ai pas besoin de ça.

Maman est debout à présent, les paumes pesant sur la table, les bras tremblant dans l'effort.

– Maman, gronde Ella.

Et les scènes se rejouent dans son esprit. Le chaos du service de traumatologie, les carrelages glissants de sang sur lesquels grincent les roues huilées des brancards ; les ordres lancés par-dessus le corps d'un homme qui saigne de plusieurs blessures par balle ; Maman près du chirurgien pendant que l'équipe ouvre le ventre du patient, la plaie grosse comme un ballon de basket ; Maman un peu plus tard qui éponge à l'aide d'un tampon de gaze les sucs gastriques qui s'échappent des intestins à vif, puis qui relie le blessé à une machine qui pompe ces liquides ; Maman qui ouvre la porte d'une autre chambre et surprend deux types massifs en tee-shirts et shorts, penchés sur le lit – des parents du gars, pense Maman. Puis ces deux gars qui s'écartent d'un bond, qui lui disent qu'ils sont des flics en civil et que ce blessé-là a tiré sur l'autre blessé. Maman qui aurait préféré qu'ils laissent le gamin tranquille pendant quelques jours, qu'ils attendent avant de l'interroger et de se préparer à le boucler alors que l'incision verticale qui s'étend de son téton à son nombril n'est pas encore cicatrisée, que le gamin n'est pas encore remis d'une triple ablation – reins, rate, une partie de l'estomac –, que le gamin est couché là aussi à vif, aussi béant que la plaie qu'ils ne peuvent pas encore recoudre. Et comment Maman ne voudrait-elle pas laisser tout cela derrière elle ?

– C’est mal, Ella. Et je ne veux rien de ce genre dans la maison.

– Tu pourrais t’en acheter une autre.

Ella se lève, s’empare d’un geste brusque de sa veste qu’elle avait posée sur le dossier de la chaise et s’en va sans rien ajouter. Dehors, elle se laisse pénétrer par d’autres visions. Maman qui s’occupe d’un petit garçon noir qui a reçu une balle dans le bras, Maman qui seconde le chirurgien qui masse le petit cœur et le ramène à la vie. Puis ce même garçon noir, à peine six mois, de retour avec une autre blessure par arme à feu, au-dessus du coude ; son artère brachiale qui se vide, le petit qui frôle de nouveau la mort ; puis l’enfant présenté à Maman une troisième fois, une balle dans la tête. Mort.

Ella remonte une moitié du pâté de maisons, jusqu’à un square où elle s’arrête. Elle ne peut pas se laisser aller une fois de plus à une colère aussi intense. Elle inspire profondément, deux ou trois fois. Après quoi, elle rebrousse chemin, se retrouve devant la porte, l’ouvre sans sa clef. Ce qui veut dire que Maman ne l’a jamais verrouillée.

– Maman ?

Et le « Je suis désolée » qui devrait suivre s’éteint sur ses lèvres.

Maman est couchée par terre, les jambes en désordre sous elle, les bras écartés, inerte. Tout son corps irradie l’urgence. Avant même qu’Ella se rue à son côté, cherche maladroitement à voir si elle respire, remercie Dieu car c’est le cas, appelle une ambulance et aide les secouristes à faire entrer Maman dans l’habitacle sans même se donner la peine de cacher les boîtes à chaussures, affaissées, bien visibles sur le comptoir de la cuisine, avant même d’aller à l’hôpital de son côté pour veiller sur Maman, Maman qui se remet de ce dont elle affirmera à Ella que ce n’était « qu’une simple chute », Ella sait que tant que

Maman sera de ce monde, elle ne peut plus se permettre autant de colère.

– Je ne pars pas, dit-elle au chevet de Maman. Maman, je ne pars pas.

Les yeux fermés, Maman serre la main d'Ella. Ella sait qu'elle devrait lui en être reconnaissante, mais elle ne se résout pas à cette pensée ; elle sait que la seule raison qui pousse Maman à lui prendre la main est qu'elle sait qu'Ella, de temps à autre, a besoin de se sentir utile.

– Tu as déjà assisté à un rodéo ? demande Kev.

À la visite suivante, il y a dans sa voix une ardeur tranquille, un fleuve au cours rapide et peu profond.

– Tu sais : des chevaux, des taureaux.

– Non, parvient à répondre Ella, malgré son sourire narquois.

Ça fait du bien de voir Kev aussi alerte. Pendant quelque temps, après son séjour à l'isolement, il ne disait plus grand-chose. Parfois jusqu'au complet mutisme. Le fait qu'il accepte ces visites tenait d'ailleurs du miracle ténu. Il aurait pu aussi bien refuser. Ou ne pas y avoir droit.

– Il y avait des rodéos dans la prison par laquelle je suis passé avant d'être transféré ici.

Il parle sans regarder Ella ; ses yeux se fixent partout ailleurs, sur les matons qui vont seuls ou par deux dans le parloir ou le long des couloirs que l'on distingue par la vitre maculée des portes ou bien sur les grains de poussière qui, lorsque Ella les contemple, se mettent à tournoyer pour imiter les traits d'un visage, un visage aimé, ou celui d'un ennemi, d'un inconnu de passage.

– Tu sais comment c'est là-bas. Ils ne pouvaient plus faire ça à des esclaves, donc ils nous mettent des chaînes au cou et nous le font subir à nous. Des nègres des champs.

Qui passent leur temps à biner. Des cueilleurs de coton ou tout comme.

Sur le genou d'Ella.

– Les shérifs sont montés sur des chevaux, le fusil sur l'épaule.

Par terre.

– Le Passage.

Par la fenêtre.

– Et t'as tout un tas de négros qui sont là pour des conneries. Des petits vols, ce genre de trucs. Des infractions contre les biens.

Sur elle.

– Ils appelaient cet endroit Angola. Des fois qu'on oublie que tout ça remonte à l'Afrique.

Ce qui arrache un gloussement nerveux à Ella.

Sous la table, Kev relève une de ses jambes de pantalon ; de la peau de sa cheville frôle la peau de celle d'Ella.

Ella n'a pas besoin de fermer les yeux pour voir ce que Kev voit ; visions, souvenirs, le passé tel qu'il lui revient, tout cela infuse lentement puis de manière de plus en plus intense dans le cerveau d'Ella, comme si leurs esprits étaient reliés par un cordon. Des visions, d'abord : des enfants vêtus de jeans, de polos ou de robes, les cheveux blond doré, bruns, noirs, souriant, boudant ou riant de leurs yeux bleus, verts, bruns, noirs, couleur d'aube, au premier rang des gradins du stade ; l'uniforme rayé de la prison ; le noir et le blanc de la chemise d'un détenu qui baisse les épaules, cheveux crépus coupés presque à ras, et tire à lui tout un tas de ces mêmes chemises, et les rayures filent dans toutes les directions, se répandent sur sa peau et sur le sol autour de lui ; d'autres détenus, âgés, vieillis par ce que la détention fait subir aux gens, leurs chemises rayées rentrées dans des jeans délavés, ces jeans rentrés eux dans des bottes en cuir qui leur montent jusqu'aux genoux. Puis les sons : le scintillement d'une mélodie qui monte du manège installé dans la prison, le brouhaha des conversations entre prisonniers vendant les objets qu'ils ont fabriqués dans leurs ateliers, objets magiques, rutilants, et les gens libres qui font jouer dans la lumière ces étincelantes boucles de ceinture ou tourner entre leurs doigts de délicates sculptures en bois ou s'émerveillent des perles assemblées sur un fil presque invisible, le grincement de la clôture de métal sur laquelle repose le torse d'une détenue, ses bras tatoués ballant par-dessus : l'un d'eux est emmailloté dans un pansement dont la gaze lui arrive au poignet. Puis les odeurs : bouse de taureau dans les stalles. Fumet de la sueur des détenus incapables de demander à l'air de leur insuffler de l'humidité sous la peau, Dieu dédaignant de répondre à cette prière, assis ou debout immobiles dans leurs cages dans leurs chemises ou robes d'épaisse laine rayée. Parfum flottant autour de la fille dont les longs cheveux blonds lui arrivent en mèches souples jusqu'au bas du dos, visage ombré par le bord d'un immense Stetson noir, vêtue d'une chemise noire qui moule ses jolies formes, d'un jean serré qui fait rebondir ses fesses quand elle marche. Miss Louisiane Rodéo qui fait sa tournée, adressant des signes de main aux familles dans les gradins, dansant devant les cages où s'entassent des prisonniers rendus hideux par le climat et la captivité.

– Ils nous ont fait nous tenir debout en cercle au milieu de l'arène, dit Kev. C'était réservé aux détenus qui s'étaient bien conduits. On portait des costumes de rodéo spécial prisonniers, des chemises blanches avec les triangles bleus sur les épaules et tout le reste, les glands, les paillettes, tout le tralala. On se tenait par la main : il y avait au milieu quatre prisonniers qui tenaient des drapeaux : celui des États-Unis, celui de la Louisiane, celui des confédérés et un quatrième que je n'ai jamais pu identifier, Aryan

Nation, peut-être ? Et l'un d'entre nous a chanté l'hymne national au micro, après quoi nous avons courbé la tête ; un prêtre est venu et a prié au micro également. Tous avaient les yeux fermés et la tête baissée, tous les spectateurs.

Cette description du monde submerge Ella, toute sa texture, son odeur, ses couleurs l'envahissent par le biais de son contact empathique, la pénètrent par l'espace entre ses oreilles. Elle voit tout. Elle touche, elle sent, elle goûte, elle entend tout : quatre détenus, deux dont les cheveux argentés sont coiffés en queue de rat, le troisième aux cheveux crépus, aux yeux d'octogénaire, le quatrième étant à peine sorti de l'enfance, talons creusant dans la terre, jambes légèrement ployées aux genoux, mains ouvertes, doigts repliés : ils sont prêts, à l'attaque, à la défense, les orteils légers contre le rebord intérieur des cerceaux roses à leurs pieds. Le portail s'ouvre et surgit mugissant vers eux le taureau piaffant, regard fixé sur le petit groupe de prisonniers entravés, les cornes baissées, muscles frissonnants, flancs mouchetés de boue, sabots martelant la terre fraîchement binée et le sol plus compact qu'elle recouvre. Le taureau secoue la tête et l'un des détenus vole dans les airs, jambes écartées, son gilet de protection déchiré par une nouvelle estafilade, sa douleur ayant fait de son visage, au-delà des spasmes, un masque de paix avant qu'il ne s'écrase au sol, chair et os craquant d'une manière que lui seul, les prisonniers de l'arène et Ella peuvent entendre.

L'un de ses compagnons évite d'un bond la charge du taureau tandis qu'un deuxième, un pied fermement planté en terre, l'autre de côté, exprime de tout son corps le désir de vaincre. Le taureau pendant ce temps percute de la tête le troisième détenu. Celui-là, côtes brisées, ne peut plus respirer ; il s'empare de toutes ses forces des cornes de la bête, qui secoue la tête en tous sens jusqu'à ce que l'homme lâche prise. Le taureau le piétine, lui écrase une jambe et un bras avant de prendre en chasse le dernier prisonnier. Il comprend, celui-là, qu'il a gagné la partie du flipper des taulards ; il se précipite vers le bord de l'arène et saute par-dessus la barrière, au moment même où les cornes du taureau heurtent le métal qui renforce le plastique rembourré.

Quand Ella revient à Kev, de l'autre côté de la table du parloir, les yeux de son frère étincellent, brûlants. Il transpire, respire avec bruit, il sourit. La douleur enfonce en terre le cœur d'Ella. C'est l'autre facette de ce en quoi l'isolement l'a changé. Cette fébrilité, cette aptitude à se précipiter dans les réminiscences douloureuses, plutôt que se barricader contre elles. Les instincts de destruction qui animaient Kev la nuit de la tentative de cambriolage à main armée multipliés par tout ce que six mois d'isolement vingt-trois heures sur vingt-quatre peuvent faire à un homme. Kev a l'expression de qui regarde le soleil en face pour perdre la vue.

Ella parvient à résister aux larmes jusqu'au moment où elle monte dans le bus, direction Queens. Son cœur tressaute dans sa poitrine. Kev n'a jamais mis les pieds au pénitencier de Louisiane.

Elle écarte les stores de la fenêtre de la cuisine pour regarder les voitures de police qui patrouillent le quartier. Elles parcourent paresseusement St. Nicholas dans les deux sens. À un coin de la rue, un officier assis dans son mini-tank dit quelque chose qui fait rire le flic qui passe à pied à côté de lui. Les canons de la petite tourelle du tank sont dirigés vers le sol. Des sphères métalliques flottent le long des trottoirs, au-dessus des réverbères, sans prendre la peine d'emprunter une autre apparence : mais tout le monde s'est habitué à leur présence. Les sphères ont pacifié le quartier. Dans le parc, de l'autre côté de la voie, il n'y a plus que le bruissement des emballages de burger et des gobelets en carton. Ses mains tremblent sur les stores ; elle sent l'accès venir. De menues pulsations, en rythme avec les battements de son cœur, émanent d'elle, font cliqueter les couverts, déséquilibrent le gril posé sur la cuisinière. Ils vont la remarquer.

L'odeur de soufre l'engouffre.

Ses yeux brûlent et lorsqu'elle les rouvre, elle a au-dessus de sa tête le drap gris du ciel ; devant elle, un panneau qui lui apprend qu'elle est arrivée à Belmont Park, dans la ville d'Elmont, État de New York, aux confins des limites de la ville : là, il y a des maisons et des rues commerçantes, les voitures ont de l'espace pour respirer sur les boulevards. Sur les écrans géants, dans le bâtiment principal, des étudiants blancs, mocassins et costumes en seersucker, et leurs petites amies coiffées de grands chapeaux regardent le Derby du Kentucky en compagnie d'Indiens en bombers.

Ella s'approche tranquillement du club. Personne ne la remarque : elle porte un Bouclier.

Les chapiteaux et la terrasse de devant accueillent des familles et des hommes blancs d'âge moyen barbus et bedonnants qui vident, tête renversée, des canettes de Bud Light. Les ados aux joues de bébé, joyeusement et bruyamment pompettes, doivent venir de St. John, au vu de la manière dont ils s'ébrouent, comme des étalons prêts à la course ; les filles pendant ce temps-là, avec leurs robes et leurs chapeaux bariolés à large bord leur apportent, telles des domestiques, des glacières. Les cous sont ceints de nœuds papillons, les manches des chemises sont relevées, les lunettes de soleil portées même à l'intérieur.

En petits groupes, répartis dans divers lieux du club comme autant de molécules éparses, près des sorties qui mènent sur les pistes et sous la tribune, patientent des gens qui ont l'air d'être du coin. Des habitués. L'épais programme des courses du jour, deux cents pages, que tournent leurs doigts tachés de nicotine. Vestes élimées, sweatshirts et jeans dans lesquels ils flottent ; certains ont la chemise rentrée dans le pantalon. Tous, ils tendent le cou en guise de pénitence inquiète, certains traçant machinalement des croix dans le programme, d'autres serrant dans leur main leurs tickets de pari. Tous ces visages : blancs, burinés. Rien à craindre des canons des tourelles et de la constante surveillance. Cet endroit n'en a pas besoin. Une explosion de colère lui ébranle le cœur, minuscule ; l'avale presque aussitôt la pitié. Qui s'effiloche ; s'ils voyaient Ella, ils continueraient à penser qu'ils lui sont intrinsèquement supérieurs.

Tout est recouvert d'une patine de crasse et d'obscurité, même si le soleil a fini par vaincre la couverture de nuages, au-dehors. Quelques clients allument des cigarettes en la frôlant ; ils ne savent toujours pas qu'elle est là. Ella se dirige d'un pas lent vers une stalle, se penche sur un comptoir, les pieds se soulevant du sol, et revient sur terre une bière à la main.

Non loin d'elle, un homme à lunettes, trapu, menton orné d'un bouc, parle d'une voix nerveuse dans un téléphone à clapet.

– J'te l'dis, elle peut pas continuer à faire ce genre de truc. Tous les mois, elle atterrit en taule. Toutes les deux semaines.

Il s'éloigne et Ella ne l'entend plus.

Quelqu'un derrière elle hurle un juron.

Même ici, inévitable, la violence.

Ella, qui a bu quelques gorgées de bière, retourne au comptoir et se confectionne un Bloody Mary. Les bouteilles versent d'elles-mêmes les ingrédients. Le touilleur à cocktail sort en dansant de sa boîte en plastique et virevolte dans le verre. Une brève incursion le long des pistes et elle rencontre d'autres spécimens de l'espèce débraillée qui hante l'hippodrome. Une poignée d'entre eux se rassemblent autour d'un banc et bavardent, se donnent des nouvelles, s'étonnent à voix haute des réalités tactiles de leur monde. Les courses, les jeunes gens, la grande pelouse. La plupart ne s'intéressent pas aux courses ; les pistes restent trop longtemps inoccupées. Il y a des gamins en blouson de cuir, casquette ajustée, qui jouent à chat dans les gradins, sautant sans la moindre prudence par-dessus les bancs de fer et les partitions. D'autres gosses blancs tirent sur les cols de leurs pères quand ceux-ci les prennent dans leurs bras ou, du pied, écrasent des canettes vides.

Quelle portion du budget annuel de la cantine de cette petite fille a été mise de côté pour parier sur un cheval qui va courir dans quelques heures ?

– Quand tu es drogué à un truc, dit Ella au Kev de ses pensées, ce ne sont pas tes gosses qui vont t'en empêcher.

De retour sur la terrasse, Ella vole un programme et, assise sur le bord d'une petite table de la grande cour, étudie la page consacrée à la course suivante.

Le programme indique dix-sept participants dont les noms arrachent un petit sourire à Ella. Gloire de l'Aube, Muguet des Vallées, Revenge de Tourtelle, Spyrite Fighting et ainsi de suite, formules aléatoires empruntées à diverses langues et qui ne veulent rien dire, si ce n'est la signification que le nom a pu avoir pour le propriétaire blanc et hors d'âge du cheval. Ella a vu quelques chevaux attendre devant les barrières ; un autre trottait paresseusement sur la piste, le jockey ballottant sur la selle. Pour tester ses sabots, peut-être, ou se prêter à un rituel ésotérique qu'Ella n'a aucune envie de comprendre.

Ces virées la remplissent d'une cruauté joyeuse. Elle peut se déplacer sans être vue parmi ces blancs, sur les pistes, dans les villages de caravanes, devant les pubs, et ne voir qu'ordure et sordide misère. En certains lieux, les seringues jonchent les planchers et les bébés, lorsqu'ils pleurent, montrent des dents déjà pourries par le Mountain Dew, moins cher que le lait que leurs mères aimeraient acheter. Elle veut montrer cela à Kev. Regarde comme ils sont petits, frère. Sachant que la prison essaie toujours de persuader les taulards que tous ceux qui valent mieux qu'eux sont dehors. Oh, ce n'est pas le cas ici, Kev. Ce n'est vraiment pas le cas.

Dans la plus grande des bâtisses, Ella baisse quelques instants le bouclier pour parier sur deux chevaux : un irlandais dans les deux premiers, un anglais pour la victoire. Si Kev était là, elle lui dirait :

– La logique veut qu'on peut gagner gros mais qu'on ne peut perdre que petit.

Et il faudrait peut-être deux secondes et demie à Kev pour lui mettre le nez sur les failles de son raisonnement, les erreurs. De toute façon, on ne va pas aux courses pour gagner, lui ont appris ces blancs. On y va pour perdre. Et qu'est-ce que cela peut faire ? lui demanderait-elle. Elle ferait réapparaître leur fric par magie, volé dans une autre poche ou créé de nulle part grâce à son Don.

C'est le cheval anglais qui a la plus grosse cote. Ella pour le moment s'en fiche. Son cheval gris – oui, déjà sien – se révèle plus fort que prévu mais finit trop loin pour être dans les trois premiers : c'était pourtant son pari gagnant. Elle se dirige vers les machines à parier, y glisse quelques pièces, presse sur toute une série de boutons suivant la philosophie du jour : laquelle est et demeure que lorsqu'on parie sur un cheval à grosse cote, on ne perd que ce qu'on a misé, mais qu'on peut gagner beaucoup plus.

Ella trouve cette première course plus amusante qu'excitante mais ça l'a mise en train ; elle regarde sur grand écran le derby suivant, ainsi que la course Belmont ; les deux sont très disputés. Elle a choisi son cheval dans le derby en un rien de temps ; avec dix-sept participants, c'était fichu d'avance. La course Belmont est plus prometteuse. Ella hésite entre le numéro 1 et le numéro 3. Le 1 est à 10 contre un, le 3 à 6 contre 1.

Le long des pistes, elle extrait une pièce de sa poche. Pendant une ou deux secondes, le soleil perce la couverture nuageuse, fait scintiller le métal. Le sourire d'Ella n'est pas exempt de méchanceté. Elle lance la pièce qui reste dans les airs plus longtemps qu'il se doit. Puis le disque lui retombe sur la paume ; elle le plaque sur le dos de sa main libre. Ce sera le numéro 1.

Elle la lance de nouveau, sans jouer avec. C'est encore le cheval numéro 1.

Elle se dirige vers la machine et parie sur le 3.

La course commence. Partout autour d'elle, des traits tordus d'extase et de panique. Des poings brandis dans les airs, des tickets de pari roulés en boule, des dos qui se redressent, des épaules qui se raidissent. Des pieds qui trépignent. Puissamment. Des genoux qui tressautent. Quand la course est finie, un horrible frat boy en nœud papillon se précipite sur une fille blanche en sweat à capuche et braille :

– On vient de gagner un million de dollars !

Le cheval était à 5 contre 2.

– Qu'il aille se faire foutre, ce connard, marmonne Ella.

Et elle entend un fantôme de Kev lui souffler dans l'oreille :

– S'il a gagné un million de dollars sur un cheval à 5 contre 2, c'est qu'il a misé bien plus qu'il ne l'aurait dû. Ils n'ont pas gagné tant de fric que ça.

Son sourire donne à penser qu'il a souvent vu ce genre de scène.

Combien de fois est-elle donc venue observer ce spectacle de la misère blanche, des petites joies de la vie provinciale des blancs ? Elle a l'aisance de qui a déjà marché dans l'eau des égouts, de qui sait quand ôter ses chaussures et ses chaussettes, remonter les jambes de son pantalon ; elle sait qu'il faut faire attention aux détritus et aux bouts de verre. Combien de temps a-t-elle passé à observer ces gens ? Avec eux, absolument pas des leurs ? Soudain elle se sent pleine d'assurance. C'est ce que j'ai fait quand j'ai disparu, espère-t-elle pouvoir dire un jour à Kev. Dire et montrer.

Autour d'elle, les gens se partagent des paris à 10 et 5 dollars sur quelques chevaux, un gagnant et peut-être d'autres en doublés et tiercés gagnants. Les plus expérimentés annotent les programmes ; leurs poches sont bourrées de tickets qui, plus tard, joncheront le sol, en confettis.

La course Belmont suivante débute et le numéro 3, à mi-chemin, est distancé. Le numéro 1 prend clairement les devants et franchit la ligne avec une nette avance ; Ella le regarde galoper sur sa lancée avec les 260 dollars qu'elle aurait gagnés si elle avait obéi au résultat de son fichu pile ou face.

Le ciel a commencé à s'assombrir.

De retour à la table de la cuisine, avec vue sur la tour de surveillance, au sommet de la colline, le mini-tank au croisement de la 145th et de St. Nicholas et les sphères mécaniques en vol télécommandé au-dessus de Sugar Hill, la nuit est tombée.

Ella n'a vu que des chambres d'hôpital. Au chevet de Maman, sa main sur celle de Maman lorsque celle-ci dort, s'enfonçant à la nage dans l'esprit de Maman puis laissant le courant l'attirer là où il le veut, elle ne voit que chambres d'hôpital.

Un son. Un bip. Lorsque Ella lève les yeux, Maman est étendue sur une table dans une petite pièce sombre, reliée à un moniteur, le ventre gonflé, luisant de gel, le visage tourné vers les écrans, surveillant les battements de cœur ; ce sont eux qui font biper la machine. Ella suit la direction de son regard, regarde les lignes vertes tracer des pics et des vallons qui se transforment lentement en grattements erratiques. L'échographie montre l'image granuleuse d'un fœtus qui bouge puis s'immobilise. Une infirmière sort de la pièce ; il y a quelqu'un d'autre dans ces murs, vêtu d'une longue tunique multicolore, des perles au cou et aux poignets. Cette dame tient un sac dont s'échappe, voluptueux, un parfum de lavande. Ces deux-là, Maman et la dame noire, se dévisagent ; Ella regarde la dame noire insuffler, souriante, du réconfort à une Maman qui semble plus jeune qu'Ella ne l'a jamais vue.

– Je suis inquiète, dit Maman. Mais je suis prête.

– Tu es prête, répète la dame.

Elle fouille dans son sac et en tire des morceaux de papier sur lesquels sont griffonnées des affirmations telles que « J'en suis capable », « On m'aime » et « Je suis forte ».

Le docteur réapparaît, annonce à la cantonade :

– Nous ne voulons pas attendre. Nous allons la faire sortir maintenant.

Ella suit l'infirmière, sa mère et la dame jusqu'aux salles d'accouchement, par les escaliers, quelques étages plus haut ; la dame se change, enfile une blouse violette ; son sac à présent est plein de choses à grignoter, achetées aux distributeurs du rez-de-chaussée.

Ella attend, adossée au mur, pendant que le docteur, un blanc, gestes vifs, entre, un porte-bloc à la main.

– C'est votre premier enfant ? demande-t-il sans lever les yeux.

La dame fronce les sourcils.

– Vous avez pris le temps de lire son dossier ?

Elle et le médecin échangent des regards furibonds.

– J'ai eu un enfant mort-né, dit Maman.

Ella n'a plus d'air dans les poumons. C'est nouveau, cela. C'est la première fois qu'elle se trouve là. Ella a arpenté tant de souvenirs dans la tête de Maman qu'elle pourrait les décrire par le menu, jusqu'aux éraflures dans les murs : Maman quittant un compagnon violent, Maman à l'église, Maman au club avec des copines, Maman priant au pied du lit dans leur maison de South Central, Maman gamine courant d'un jardin à l'autre dans le Mississippi. À quelle profondeur est-elle donc descendue pour arriver là ? Mais elle n'essaie pas de repartir, de s'extirper de ce souvenir. C'est le courant qui l'y a amenée. C'est Maman qui l'y a amenée.

– Le décès date de l'an dernier ?

Maman se raidit à ce mot.

La dame pose la main sur le bras du docteur.

– Puis-je vous parler un moment dans le couloir ?

Ella les suit au bout d'un instant, franchissant la porte comme elle le ferait d'un rideau ; devant elle, la femme dit au médecin de bien vouloir noter la mort du bébé dans son dossier médical ; chaque fois qu'elle doit ressasser son traumatisme, l'esprit de Maman, explique-t-elle, replonge dans ce lieu d'angoisse, d'effroi, de terrible chagrin.

– C'est un accouchement à haut risque qui l'attend, dit la femme. Il n'est pas vain d'espérer que l'équipe qui la prendra en charge puisse étudier soigneusement son dossier avant d'entrer dans sa chambre.

Le médecin reste silencieux un instant. Puis :

– Vous autres doulas ne devriez même pas franchir nos portes. Vous avez de la chance – je ne préviendrai pas la sécurité.

Ella suit la doula qui revient auprès de Maman et c'est

comme si le temps s'était étiré tel un élastique avant de retrouver sa densité ordinaire, car à présent le visage de Maman est creusé de fatigue ; elle gémit comme si elle n'avait pas bu une goutte d'eau depuis des heures.

– Est-ce que je peux avoir une péridurale ? murmure Maman à l'anesthésiste, qui fusille la doula d'un regard qui chasse cette dernière de la chambre.

Ella reste, regarde la femme blanche injecter une dose d'anesthésiant entre deux vertèbres. Les poings d'Ella se serrent contre ses cuisses lorsqu'elle voit ceux de sa mère se crisper, les mâchoires de sa mère se serrer. Quand la doula revient, Maman redresse brusquement la tête de son oreiller, de la fureur dans le regard.

– Je ne sens plus mes jambes, siffle-t-elle.

Puis sa tête retombe.

– Ni ma tête.

Ceci, en un gémissement.

– Qu'est-ce que vous lui avez donné ? demande la doula à l'anesthésiste.

La pression artérielle de Maman augmente. Ella la ressent : c'est une vague de chaleur qui lui monte au visage. Elle regarde les chiffres sur l'écran : un autre rythme cardiaque, celui du bébé. Il ralentit.

La doula s'accroupit près de Maman et lui prend la main dans les deux siennes.

– Ça n'aurait pas dû se passer comme ça, dit-elle en un souffle, mais pour la santé du bébé, il est temps de lâcher prise.

Maman serre les dents. Elle n'est pas prête à lâcher prise.

– Ferme les yeux, lui dit la doula de la voix la plus douce qu'Ella ait jamais entendue. De quelle couleur est ton angoisse ?

– Rouge.

– Quelle couleur te calme ?

Maman inspire plusieurs montagnes d'air.

– Bleu lavande.

Les bips s'apaisent. La pression artérielle de Maman retombe. Ella desserre les poings.

Trois jeunes internes, uniquement des femmes, se précipitent dans la chambre, suivies de l'infirmière du service, un tourbillon de blancheur, puis vient un homme, l'obstétricien visiblement ; il se présente brièvement avant de plonger les mains entre les jambes de Maman ; et la question brûle, vive, dans les yeux de Maman, à travers des larmes réflexes ; la doula la déchiffre :

– Qu'est-il arrivé au Dr Rosenbaum ? Il devrait être présent, dit-elle.

Mais l'autre médecin ne donne aucune explication au changement ; il se contente de sortir les mains, d'ôter prestement ses gants et d'un :

– Elle est prête. Il faut pousser, maintenant.

Et tous se mettent au travail, un petit ouragan de blancheur, tandis que la doula, la seule autre femme noire dans la chambre, se penche sur Maman.

– Tu es une rock star. Tu peux y arriver. C'est le moment. Tu peux y arriver. Tu te débrouilles magnifiquement. Pousse ! Tu peux y arriver !

Et Maman pousse, pousse, sans quitter la doula des yeux. Et Ella voit apparaître sa propre tête, un bouquet luisant de boucles noires. Et Maman pousse encore et l'une des jeunes internes prend la tête de bébé Ella et aide le petit corps visqueux à sortir ; et toutes les internes se relaient entre les jambes de Maman ; mais lorsque Ella lève les yeux, elle se rend compte que l'obstétricien n'est plus là – c'est comme s'il n'était jamais venu ; et ce ne sont plus que ces jeunes femmes blanches, la doula et Maman en sanglots tremblante hilare qui regarde sa petite fille violette, ridée, pétrifiée, en contact avec l'air pour la première fois.

Une des jeunes femmes couche la petite sur la poitrine de Maman.

– Ella va bien ? Elle ne bouge pas. Est-ce qu'elle va bien ?

Puis, une seconde plus tard, les membres minuscules du bébé se tendent ; elle ouvre la bouche, émet un cri.

– Elle est parfaite, dit la doula à Maman.

– J'y suis arrivée, souffle Maman. Oh, Ella, dit-elle en se penchant vers le bébé, la main posée sur le dos luisant de sang et de liquide amniotique. J'y suis arrivée.

Ella cligne des yeux et la chambre est vide. Plus d'internes. Plus de doula. Plus de bébé.

Maman est plus âgée. Elle est de retour au présent.

Ses paupières battent et s'ouvrent.

– Ma chérie, pourquoi tu pleures ?

Ella chasse vite les larmes, bafouille des mots d'excuse.

– Oh, mon bébé. Ça va aller, tu vas voir.

– J'ai failli te tuer.

Maman pose la main sur celle de sa fille.

– Mon bébé, mais non. Venant de toi, c'est impossible.

Un peu plus tard, quand Ella est parvenue à calmer ses sanglots :

– Comment ça se fait que tu n'aies jamais parlé… de cet enfant mort-né ?

Une lueur de douleur passe dans les yeux de Maman, pour repartir aussi vite.

– C'est si loin maintenant. Et puis…

Les maux de tête, l'hypersensibilité à la lumière se répandent par leurs mains enlacées de Maman à Ella. Ella voit la dispute avec le petit ami, qui empoigne un couteau ; les cris de Maman : « Arrête ! J'attends un bébé ! » et l'arrivée de la police. Ella sent les mains, les pieds, le visage gonflés, entend les médecins qui se contentent de prescrire du Tylenol, encore et toujours, puis la veille de la fête pour le bébé à venir quand les douleurs sont si aiguës qu'un médecin griffonne 143/86 sur une fiche au cours du rendez-vous. Et son docteur qui lui dit de se coucher, qu'il va partir en vacances et qu'elle peut avoir son bébé par césarienne aujourd'hui, si elle veut, c'est six semaines avant terme, puis en voiture quelques jours plus tard alors qu'elle va voir son petit ami, l'humidité entre ses jambes qui n'est pas de l'eau contrairement à ce qu'elle pensait mais du sang. Dans le tourbillon qui suit, quelqu'un qui explique que son hypertension artérielle a détaché le placenta de la paroi de l'utérus, puis un grand flou et Maman qui ne cesse de demander « Est-ce qu'il va bien ? Est-ce qu'il va bien ? » Puis le silence de la salle de travail. Le silence le plus assourdissant qu'Ella ait jamais entendu.

L'instant d'après, plus rien.

– C'est si loin dans le temps, murmure Maman. J'espérais ne jamais t'en parler.

– Mais pourquoi, Maman ?

Maman lève les yeux vers le plafond.

– Tu es toujours en colère. Une telle colère. Je… Je ne voulais pas ajouter à ce fardeau.

– C'est aussi pour ça que tu ne m'as pas parlé de ton cancer ?

Maman tressaille. Juste assez pour qu'Ella le remarque.

– Je ne veux pas me battre contre ça. Juste…

Puis elle s'accorde un moment de relâchement, d'amertume.

– De toute façon, ces docteurs ne vont pas m'y aider.

Puis elle se reprend. Elle tapote la main d'Ella.

– L'essentiel, c'est que tu sois là.

Quand Maman replonge dans son lourd sommeil, Ella doucement retire la main. Ce n'est pas avant d'être sortie de l'hôpital, non sans avoir laissé un double au chevet de Maman pour surveiller son état, qu'elle prend conscience du cadeau que sa mère vient de lui faire.

Lorsque Ella a dit « J'ai failli te tuer », Maman a remarqué l'expression de son regard ; elle a laissé Ella voir ce qu'elle avait vu.

– Ce sont *eux* qui ont failli te tuer.

Le seul moment d'amertume qu'ait eu Maman. De rage, de méchanceté, de douleur. Le seul moment de vérité qu'elle ait offert à sa fille.

Et c'est assez pour libérer Ella.

On ne me dit pas pourquoi je sors du mitard, mais je suis à peu près certain que c'est parce qu'il n'y a pas assez de place ; je dois laisser la cellule à un autre gars.

La routine se réinstalle immédiatement. Il y a l'infarctus ou la crise d'épilepsie puis le corps qui, soudain, après cela, se réaffirme et recommence à fonctionner. Il a un peu changé, il est peut-être un peu plus lent. Il doit peut-être inventer quelques solutions de rechange, mais en un rien de temps je me retrouve en cellule, avec un codétenu, et j'ai un nouveau boulot qui consiste à réparer les ordinateurs d'une école publique du coin, parce que quelqu'un a finalement expliqué à un surveillant qui l'a répété à l'encadrement la raison pour laquelle certains taulards m'appellent Einstein.

Dans mon bloc, on petit-déjeune à 7 heures pile et je suis au boulot dès 7 h 30. Aujourd'hui pourtant, mes doigts tressautent, tant mon malaise est grand. Une crise cardiaque qui s'annonce. Il est tard : 6 h 20, et le loquet de la porte est encore verrouillé. Je me lève, je regarde dans le couloir. Toutes les portes sont bouclées.

– Deuce, Deuce, les ninjas arrivent.

Deuce est mon codétenu, un grand costaud ; il dort encore.

Il tchipe.

– Réveille-moi quand ils se pointent, répond-il avant de retourner ses cent vingt-cinq kilos de l'autre côté du lit.

La tablette dont je me sers pour lire les nouvelles des quelques sites auxquels on a accès ici est posée contre le bas des toilettes, lieu où j'exécute généralement une autre partie de ma routine du matin, un coin du drap préservant mon intimité scotché au plafond, de sorte qu'il pend en diagonale au milieu de notre cellule.

Il n'y a pas grand-chose qui vienne de la contrebande dans cette cellule, mais je fais mon inventaire mental, pour trouver une bricole à laisser aux matons. Quand les cellules sont propres, ils s'attardent : c'est suspect, il doit y avoir des objets vraiment compromettants. Quand on leur en donne un peu pour leur argent, ils arrêtent de chercher : c'est ce que Terrell m'a expliqué un jour, lorsque j'ai été surclassé et que j'ai pu sortir du quartier des mineurs.

La tablette. Merde. La tablette de Thumper. S'ils tombent dessus, je repars au mitard et quand j'en sortirai, adieu le boulot, les privilèges et Deuce, qui doit être un des seuls types dont la routine n'interfère pas avec la mienne.

– Deuce, putain, la tablette.

Il est assis sur le bord du lit à présent et bâille.

– Ah merde. Y a rien à faire, mon négro, désolé.

Les administratifs installent déjà une table au milieu du bloc, pour la paperasse, et des cartons vides.

Chaque cellule est fouillée par une équipe de deux matons accompagnés par un petit Roomba qui parfois les précède, pour repérer ce qui pourrait les faire tiquer ou ce qu'ils pourraient ne pas remarquer. La rumeur a couru que ces types étaient des Augmentés, qu'ils sont branchés, comme des super-héros de BD. On envoie dans leur implant tout l'historique du détenu, ce qui leur permet de savoir si vous êtes un détenu à problèmes, quels sont vos privilèges, qui vous a rendu visite et qui vous a passé des trucs au parloir.

Ils savent ce que vous vous êtes fourré dans le cul sans vous déshabiller et vous faire écarter les joues du bas. Ces négros, on ne peut rien leur cacher.

Ils approchent. Les taulards sortent, sont menottés et restent au milieu du bloc à regarder les gars retourner leur cellule. Les papiers, les nus scotchés au mur, les draps supplémentaires, les produits achetés en cantine.

Deuce s'est déjà mis à défaire son lit et je l'imite. On plie les draps et les couvertures, on débranche les ventilateurs et on défait les nœuds des fils. Deuce fourre dans deux ou trois endroits stratégiques des exemplaires de *Hustler*, pour que les matons tombent dessus.

Puis retentit le bip qui annonce leur arrivée à notre porte.

J'essaie de deviner ce qu'ils ont en tête en sortant dans le couloir, avec Deuce. Ils nous menottent ; le Roomba pénètre dans la cellule. C'est l'ennui qui prédomine dans leur expression : mais le plus blasé des négros peut décider de vous réserver un traitement spécial sans raison particulière et de « fouiller » votre merdier en renversant du café sur vos papiers et en piétinant le tout pour faire bonne mesure. Et le plus blasé des surveillants peut voir la tablette sur son support, plantée là comme un doigt d'honneur, et nous enfoncer.

Je suis malade d'inquiétude, à l'affût de la tête qui va se pencher.

Puis, après ce qui semble un siècle, le Roomba ressort sur ses petites roues, suivi des deux types, qui nous ôtent les menottes et nous laissent rentrer. La tablette n'a pas bougé.

Comme si quelqu'un lui avait posé une couverture dessus. L'avait protégée.

Les détenus qui font office de gardiens balaient le merdier et poussent les trucs de contrebande près des cellules, pour que les taulards puissent les harponner avec un crochet fixé à une ficelle et les faire passer sous les portes.

Le lendemain, un peu plus tard, ils nous laissent sortir dans la cour ; je repère Terrell de l'autre côté mais avant même d'avoir pu le saluer, j'entends le choc mat des phalanges sur les pommettes ; une foule s'est déjà formée autour du baston qui vient de commencer.

Je sens mes mains se refermer. Je ne connais aucun des deux négros qui se maravent, ni le grand ni le petit, mais la flamme se ravive tout de même en moi, jusqu'à ce qu'un maton hurle :

– C'est bon, les gars. On arrête.

Deux ou trois dizaines de gardiens se répandent dans la cour. Personne ne bouge, sauf quelques-uns, qui ont sorti les sprays à poivre et les matraques électriques.

Le maton qui est intervenu pour arrêter la bagarre réitère, sans conviction, blasé. Quatre autres surveillants se pointent et le premier, qui désormais a ses renforts, s'approche alors que le grand type est projeté à terre. Les surveillants tabassent le petit type à coups de matraque électrique au moment même où le grand type laisse tomber son couteau maison.

Je ne sais pas ce qui se passe, aujourd'hui, mais je me sens protégé. C'est peut-être la tablette.

Le baston interrompt notre temps de promenade ; nous ne tardons pas à revenir au bloc en rang par deux, deux matons derrière nous, un par rangée, matraque à la main.

C'est dans l'escalier qu'un des matons, un type plus jeune que je ne reconnais pas, s'arrête près de moi et me fait signe de remonter la file. Les autres s'arrêtent en bas des marches. Tout le monde me regarde et je vois dans leurs yeux une expression fraternelle, une assurance : aucun mal ne sera fait à leurs frères. Un aumônier m'attend en haut de l'escalier.

– Il faut que vous appeliez chez vous, me dit-il avec trop de gentillesse pour ce lieu.

De la fenêtre de la cuisine, Ella arrive à peine à distinguer la toiture de l'église baptiste, à deux pâtés de maisons de chez elle. Quand ils habitaient avec Maman dans cet appartement, les voisins du dessus étaient des immigrés ; Maman avait commencé à prier différemment. Elle s'était mise à prier comme ces voisins, comme si chaque pas effectué sur la terre américaine était sacro-saint. Une manière de prier qui engageait tout le corps. Ella se rappelle avoir observé Maman en douce, alors qu'elle était censée fermer les yeux ; elle se souvient de la sensation qu'elle avait eue alors de contempler une super-héroïne baignée dans la lumière d'un soleil qui lui donnait tous ses pouvoirs. C'était la manière dont elle priait avant que Kev ne soit condamné pour sa tentative de cambriolage à main armée. C'était la manière dont elle priait après l'exil que s'était imposé Ella. Et chaque fois qu'Ella rentrait l'épier dans ce quartier en métamorphose, elle se rendait compte que c'était la manière dont elle priait après que ce gamin blanc de Charleston, en Caroline du Sud, était entré dans une église, s'était approché d'un groupe de lecture de la Bible, juste comme celui de Maman, avait sorti un calibre.45 et s'était mis à tirer.

Ella détestait ces prières-là. La façon dont elles vous font comprendre que ce n'est déjà pas mal d'être en vie, qu'il faut en être reconnaissant. Elle se souvient d'avoir lu des articles sur ce gamin qui avait massacré les fidèles et d'avoir prié pour qu'ils soient vengés. Prié pour des pluies de grenouilles et de sauterelles, des fleuves de sang ; prié pour que chaque drapeau confédéré trouve son propre bûcher funéraire.

Elle avait tant pleuré, à cette époque.

On pouvait voir les vidéos partout ; certaines étaient plus explicites que d'autres. Six blessures par arme à feu dans le dos d'un homme qui voulait échapper à une arrestation dans une affaire de pension alimentaire. Ou deux détonations qui résonnaient, deux flics qui se penchaient vers le corps ensanglanté d'un jeune homme pendant des manifestations commémorant l'anniversaire de la mort d'un autre gamin assassiné par un flic. Après chaque meurtre, Ella avait Voyagé. Elle s'était transportée sur le lieu même du crime, elle avait touché le sol, respiré l'air, absorbé au plus profond de son corps cette histoire. Inhalé la violence des heures précédentes. Ce qui confinait parfois à la pornographie. Ce Voyage dans une impasse de McKinley, au Texas, où des gosses plus jeunes qu'elle étaient assis par terre, menottés, pendant que les voisins blancs les huaient ; un des flics avait empoigné une jeune fille en maillot de bain par le bras, l'avait fait tomber par terre et lui avait enfoncé le genou dans le dos pendant qu'elle appelait en sanglotant sa mère.

Ella était rentrée de tous ces Voyages la tête dans les mains.

Et si c'était moi, la réponse ? s'était-elle demandé. Si c'était moi, celle que nous avons appelée dans nos prières ?

À deux pâtés de maisons de là, dans un appartement qui donne sur l'église baptiste, un téléphone sonne.

Quand nous entrons dans le bureau du surveillant principal, il n'y a personne. L'aumônier attend sur le seuil et j'aimerais lui coller une gifle, pour le débarrasser de cette expression compatissante ; c'est alors que la porte se ferme. J'attends que quelqu'un vienne, me dise que faire, me tende le téléphone, que je puisse répondre. Je reste seul. Je me dirige vers le téléphone mural, soulève le combiné, compose le numéro. Trois sonneries, avant d'être submergé par la douche glacée. Je me retourne vers le bureau. Ella est juste à côté, raidie, comme si elle devait résister à une force qui l'écartèle.

Je laisse tomber le combiné.

– Ella, qu'est-ce… Qu'est-ce tu fous là ?

– Personne ne nous entend, dit-elle.

Grâce à elle. À son Don.

C'est bien ça. La raison pour laquelle l'araignée de l'angoisse me remontait le long de la moelle épinière ce matin. Je me prépare au pire.

– Et donc ?

– Maman n'est plus.

Ma mâchoire tressaute et je fais de mon mieux pour ne pas bouger. Mais tout tremble : mes mains, mes jambes, tout mon corps. Personne n'est éternel. Il y a des gens qui meurent tous les jours. Certains par manque de chance, mais de toute façon, on meurt tous. Et dans le désordre, ça arrive à tout le monde, vraiment. Mais ça… On ne nous entend pas, disait Ella, mais je sais que si je me laisse aller, ils vont m'entendre gémir. Ils sauront vaguement pour quelle raison ; certains peut-être la comprendront, mais quoi qu'il en soit ils entendront, et cela, je ne le veux pas.

Je ferme les yeux pour étouffer le hurlement qui se forme dans ma gorge. Mon corps se raidit des pieds à la tête. Le sol bouge sous moi. Des livres se renversent sur l'étagère comme des dominos, sur le point de tomber. Le presse-papier du surveillant principal danse sur le bord du bureau. Des chaises grincent sur le parquet.

– Kev ?

Une voix m'appelle ; je ne vois que du noir. Je n'entends qu'un rugissement dans mes oreilles.

– Kev.

Détruire cet endroit.

– Kev.

Je veux la voir. J'ai tellement envie de la voir : si la prison est rasée, ça nous rapprochera peut-être. La poussière s'immobilise dans les airs. L'électricité se ranime dans la pièce. Je l'entends qui crépite.

– Kev !

Puis ça passe. Et j'ai de nouveau froid.

Nous nous dévisageons pendant un long moment.

– Bon, ça va, je lui dis.

Voilà. J'ai l'impression que c'est fini, même si je n'ai aucune idée de ce que c'est. De toutes les façons, quelque chose d'important a pris fin. N'a plus de raison de rester ici. Ella s'avance vers moi et je sais qu'elle voudrait me prendre dans ses bras ; je tends la main pour l'arrêter dans son élan.

– Pas la peine. Toi aussi, t'es un fantôme.

Je n'attends pas qu'elle ait disparu pour ouvrir la porte et ressortir dans le couloir.

– Va te balader, Deuce, je lui demande en revenant en cellule.

Il lance un regard scrutateur par-dessus le *Hustler* qu'il feuilletait ; et je sais que son esprit s'active, qu'il a compris et constaté de visu que les nouvelles que j'ai reçues sont de celles qui ravagent, même si je lui ai parlé avec calme et pondération. Et il sait ce que je vais commettre, parce qu'il l'a déjà vécu ou parce que, comme nous tous ici, il en a entendu parler ; si nous étions dehors, il essaicrait peut-être de m'arrêter ; mais comme nous sommes à Rikers, il se contente de refermer son magazine, de le fourrer sous son matelas, de se diriger vers la porte de la cellule et, appuyé aux barreaux, les bras dehors, d'engager la conversation avec un voisin.

Mon corps se meut machinalement. Je prends mon drap, je le déchire et, bien que ce soit la première fois, je sais exactement comment former le nœud et faire passer le drap par-dessus la tringle où nous accrochons le rideau qui nous permet de garder notre intimité. Je sais comment tester sa résistance sans déloger la tringle, je sais comment installer le nœud assez haut pour que mes pieds ne puissent pas toucher terre quand je sauterai du lit.

Il ne me faut pas plus d'une minute pour me préparer.

Je me redresse, je passe la tête dans le nœud coulant et suis sur le point de faire un pas vers un futur vide lorsque je sens une odeur de soufre.

Quand je lève les yeux, j'aperçois une pièce ornée de boiseries. Je porte les mains à mon cou. Il n'y a plus de drap, pas même la brûlure de la peau écorchée par le nœud tandis que je me débats au bout de ma corde. Non, j'ai les deux pieds bien campés sur le sol et ce qui m'environne semble trop réel pour être ce qui attend après la mort. Ça ressemble trop à ce que je viens de quitter. Je sens tout, la javel, les déferlantes d'odeur de renfermé émises par tous les corps qui sont passés par ce lieu. Et l'encens.

Je suis dans une chapelle.

Derrière moi, une porte verte, qui n'est pas fermée à clef. Devant moi, des prie-Dieu, un cube de bois éraflé qui tient lieu d'autel.

Devant l'autel, deux personnes : une femme en pantalon noir et chemise blanche, un aumônier vêtu de ces mêmes couleurs. Il a dans les mains ce qui ressemble à un porte-documents. Je sursaute, car je viens de constater que c'est l'aumônier qui m'a extrait de la file des détenus plus tôt dans la journée. Son visage est plus doux : toujours ridé, mais plus détendu. Il sourit.

Il parle à voix basse à la femme qui s'assied au premier rang.

Ils attendent en silence un temps qui me paraît long, jusqu'au malaise, une minute Rikers ; puis la porte verte s'ouvre.

Je fais un pas de côté, où on ne peut pas me voir. Je ne sais pas pourquoi j'ai peur que les gens me voient, si nous sommes dans l'au-delà, dans un rêve ou je ne sais où. Mais je suis incapable de tuer mes réflexes – tout juste de me tuer moi-même. Alors je m'agrippe à l'ombre. Le bruit les précède. Le cliquètement des chaînes qui s'entrechoquent. Apparaît une femme qui porte l'uniforme beige de Rikers ; un gardien la tient par le bras.

La femme en noir et blanc se lève lorsqu'elle entend la porte se refermer en claquant ; elle se retourne et les larmes aussitôt inondent son visage.

Lorsque la détenue blanche et la femme élégante se retrouvent face à face devant l'autel, elles se prennent les mains. Une mèche de cheveux blonds s'échappe du chignon de la détenue, qui ne prend pas la peine de l'écarter. Les deux femmes ne cessent de se sourire, comme si la joie de l'aumônier était contagieuse. Il leur joint les mains. Je vous déclare à présent femme et femme. Le témoin, un premier surveillant, signe le certificat de mariage que l'aumônier extrait de son porte-document.

Mes oreilles bourdonnent. Le monde se dissout dans un chaos de couleurs. Je pleure.

J'essaie de rester dans mon coin, recule au plus profond de l'ombre ; mais ils ne peuvent que me voir, c'est certain ; et lorsqu'ils s'approchent assez pour que je puisse voir les traces de rouge à lèvres sur l'uniforme beige de la détenue, je me retrouve debout sur mon lit, haletant.

Deuce, toujours appuyé contre les barreaux, lève la tête mais ne la tourne pas complètement.

Je n'ai pas encore franchi le pas. Je n'ai pas sauté.

Mes doigts tremblent mais quelque chose a changé en moi. Des plaques tectoniques qui bougent, se raccordent, se brisent ou les deux. Et soudain, je n'ai plus le courage. Mes doigts ne cessent plus de trembler. Deuce se retourne pour de bon, cette fois-ci, les traits de son visage affaissés. Ma lèvre inférieure n'arrête pas de trembler. Je suis pétrifié. Je ne sais pas où il a appris à réagir de cette manière : mais le voilà qui revient vers moi, m'attrape par la taille pendant que je passe la tête dans le nœud coulant que je tiens de mes mains tremblantes. Il me lâche et je retombe sur lui. Il ne me repousse pas. Il ne m'engueule pas. Il ne me jauge pas pour me tabasser. Il me retient, et putain mais qu'est-ce que c'est que cette taule où je peux chialer sur l'épaule de ce négro géant parce que ma mère est morte ?

Ce sont des coups insistants qui me réveillent. En ouvrant les yeux, je ne vois que du blanc. Je sais maintenant que c'est la lampe torche. La plus lumineuse du monde. Et mon corps réagit avant mon esprit. J'ai dix minutes pour m'habiller. Mais me voilà debout, à m'étirer pour apaiser les douleurs dans mon dos ; en quelques instants j'ai enfilé mon uniforme de détenu.

Au début, quand un gardien venait me chercher à 1 h 30 du matin pour m'escorter jusqu'au mitard, ça ne pouvait avoir qu'un sens : la souffrance à la fin du voyage. J'avais été sélectionné pour une punition corporelle. J'allais me retrouver à l'isolement sur la foi d'un acte de procédure ou autre torture psychologique du même genre. Aujourd'hui, c'est un boulot qui m'attend ; cette sorte de certitude vous donne d'étranges sensations. Lorsque le but de la manœuvre n'implique pas qu'une tierce personne en souffre, ça change votre façon de marcher. Non que j'y aille d'un pas joyeux, ce n'est pas le cas. Mais je n'ai plus cette tension qui me noue les épaules. Je n'ai plus la tête basse et les bras ballants, prêts à choper quelqu'un. Quand on a un boulot à faire, on laisse tomber tout ça.

J'arrive dans le bloc et me déshabille dans l'antichambre, pour la fouille des cavités corporelles. Après avoir remis mon uniforme, j'avance dans le couloir. Il y a quelques gardiens : l'un dort, un magazine de contrebande sur le ventre. Un autre, bien réveillé, lève la tête et m'adresse un rapide hochement de tête avant de se remettre à contempler le bout de mur dont mon arrivée l'a distrait.

On m'a préparé une chaise devant la première cellule. Il y a assez de barreaux à la porte pour que je puisse voir ce qui se passe de l'autre côté ; même si tel n'était pas le cas, la lumière reste allumée en permanence dans le bloc antisuicide. On l'appelle Jamais-nuit. On dit que ces lumières permettent aux gardiens de mieux voir si les détenus qu'ils surveillent vont retenter quelque chose, mais maintenir les gens dans ce cauchemar qu'est la privation de sommeil n'arrange pas leur cas. Ce n'est pas mon rôle de leur faire ce genre de remarque ; d'ailleurs les plus futés des surveillants sont sans doute déjà au courant, mais ce n'est pas non plus leur rôle d'en parler.

Je m'assieds et je regarde le gamin de l'autre côté des barreaux, immobile sous sa couverture de suicidé. En nylon épais, molletonné, indéchirable. J'en ai vu d'autres auxquels on fait porter ce même genre de tissu, version blouse. Une sorte de tunique sans col et sans manches, avec des ouvertures réglables aux épaules et une autre devant, qui se ferme avec des agrafes. Dieu merci, le gosse a échappé à ça. Il a juste la version couverture. À le voir couché sur son matelas, pourtant, on a l'impression qu'il est déjà mort. Mais c'est mon boulot, maintenant : m'installer devant la cellule d'un détenu suicidaire et discuter. Juste discuter.

Et c'est ce que je fais.

Je me présente : le nom, seulement, pas le numéro de détention, suivi d'une blague sur le fait que « Mais je suis innocent » ou quelque chose de ce genre, non que ça ait la moindre importance au point où on en est, mais ça peut aider ces gars plus jeunes d'entendre ce genre de discours. Avant, je me fendais d'un petit aparté sur la bouffe de merde, mais en repensant à ce que je mangeais à l'isolement, je me suis dit qu'ils doivent avoir des vers dans leurs merdes. Du coup, je préfère lui parler des autres. De Rick, qui est depuis si longtemps à Rikers qu'il est devenu une institution, de Bobby qui est passé par Folsom, en Californie, et qui, dans le temps, faisait entrer des légumes en contrebande : avec d'autres détenus, il bossait dans un potager à China Hill ; ils rapportaient de la bouffe en prison cachée dans leurs fringues : un piment jalapeño emballé dans un sac à sandwich qu'il s'était fourré dans la chaussure de gauche et dans celle de droite, une botte de petits oignons verts bien serrés. Un autre type avait passé une tranche de pastèque, un autre encore des tomates. Et je répète au gamin ce que Bobby m'a raconté un jour : ils n'étaient pas censés cultiver leur jardin, ils étaient là pour couper les branches, mais il était hors de question de ne pas jardiner sur ce beau monticule vert.

Après quoi je parle du club de lecture à ce gamin dont il n'est pas impossible qu'il dorme.

Ce n'est pas seulement l'histoire d'une bande de négros qui lisent un bouquin : ça raconte aussi le fait que certains de ces négros ont été bouclés pour un simple sac à dos et que d'autres parmi ces négros sont des néonazis. Le genre d'histoire qui vous fait vous demander à quoi ça sert qu'un néonazi apprenne à considérer qu'une personne noire est un être humain, s'il doit crever dix-huit mois plus tard : ou la morale de ladite histoire est peut-être que les seuls blancs qui sont disposés à considérer les noirs comme des êtres humains sont aussi ceux qui, de toute façon, se préparent à mourir. C'est alors que j'interviens dans cette conversation que j'ai à voix haute avec moi-même et que j'explique que c'est toute la bizarrerie de Rikers. La bizarrerie de la taule. La bizarrerie de la prison. Il y a toutes sortes de trucs insensés qui se passent ici ; tout ce qu'il faut, c'est assez de patience pour se mettre en retrait et profiter du spectacle. Ça vient peut-être avec le temps. Ou peut-être pas. Peut-être qu'on va passer toute la durée de sa peine à se faire tabasser. Ou se faire tuer avant de sortir. Mais parfois on arrive à sortir. Pas de derrière les barreaux, mais de cet endroit, quel qu'il soit, où on essaie de vous enfermer quand on vous envoie derrière les barreaux.

Je raconte à ce gamin que les gars du club de lecture devaient tous bouffer à des tables différentes et il fallait tout le temps se retourner pour parler aux gens, pour que personne ne se sente exclu. Et si quelqu'un voulait lire quelques lignes du livre, il fallait le lui balancer en espérant qu'il l'attrape ou que le bouquin ne tombe pas trop loin.

– Ça fait combien de temps que t'es là ?

Il parle si bas qu'il faut s'être exercé à percevoir les plus petits bruits pour l'entendre, mais ça me coupe immédiatement la parole.

– On dirait que t'es là depuis des siècles.

Il a pris des médocs. Il a du mal à articuler. Il a cette espèce de vertige permanent, d'ivresse de fatigue.

– Oh, c'est juste qu'ici, on voit beaucoup de choses en peu de temps, je lui réponds.

Et puis je revois toute la liste. L'arrestation, le passage par la cellule du commissariat, puis l'arrivée à Rikers. Les efforts que je fais pour ne pas passer au tribunal avec les types avec lesquels j'étais à ce moment-là. Soixante-quatorze jours plus tard, c'est là seulement que je comparais devant un juge et que je sais de quoi on m'accuse. Maman n'était pas là. Ella non plus. Mais j'aurais causé leur mort à toutes les deux si j'avais plaidé coupable, donc je déclare « non coupable » au juge et on me donne une date pour le procès ; il se tiendra six mois plus tard. Deux cent cinquante-huit jours passent et je comparais une deuxième fois, grandi déjà de ce que le quartier des mineurs m'a infligé, et le procureur demande un report. « La cour n'est pas prête », comme si le District Attorney n'était pas fichu d'étudier mon dossier sans aide. C'est suivi de nouveaux reports pour lesquels je n'ai même pas besoin de comparaître. Deux semaines, une semaine, une semaine, deux semaines. Puis baston avec des détenus, passage au mitard et pénalités internes ajoutées à ce qui n'est même pas encore une condamnation sur le plan technique, et tout ça se brouille. Dans ce flou général, encore des bastons, des attaques par les matons, des tentatives de viol par les matons qui nous tabassent dans les douches, nous qui nous défendons au couteau et essayons de faire en sorte que les caméras enregistrent les tabassages. Re-mitard.

– Huit ans.

– T'as dû faire de sacrés trucs, toi.

Je suis sur le cul. Jamais je n'ai compté les jours de cette manière. Ça me fait déglutir, respirer en profondeur à quatre ou cinq reprises.

– Ouais. Mais je ne vais pas tarder à sortir.

Je ne dis pas que j'ai droit maintenant à la conditionnelle ou que je vais bientôt repasser devant le juge, parce qu'avec ces condamnations, rien n'est certain. J'ai besoin de répéter que je vais sortir. Ce gamin a besoin d'entendre que ça reste possible.

Moi aussi, j'ai besoin d'entendre que ça reste possible.

– Je vais sortir.

Celui des gardiens qui ne dort pas donne un coup de

matraque électrique par terre. Fin de la séance. Je décale ma chaise devant la cellule suivante et reprends la parole.

Plus l'audience de libération conditionnelle de Kev approche, plus son humeur est erratique. Il alterne entre le survoltage hypomaniaque et la catatonie dépressive. La première des deux embrassades auxquelles ils ont droit est brève. Pour la forme. Ils se rasseyent : deux partenaires sur le point de conclure un contrat plutôt qu'une sœur venue visiter son frère en prison.

Kev se malaxe les doigts, les avant-bras plaqués sur la table, les sourcils tellement froncés qu'on voit à peine ses yeux.

Il essaie à deux reprises de parler, mais quelque chose lui dévore les mots dans la gorge.

– Je regrette de ne pas avoir discuté plus souvent avec Maman, finit-il par dire.

Le chagrin et la confusion s'affrontent en Ella. Elle cligne des yeux, de surprise, et fait gigoter ses orteils.

Des filaments de lumière blanche se détachent des airs pour l'envelopper, faisant naître de nouveaux tendrons qui croissent et bourgeonnent jusqu'à ce qu'elle soit intégralement parée, baignée dans un ivoire qui s'empare de la lumière du jour et la fait scintiller.

C'est nouveau, ça. Ella prend Kev par la main, le sourire aux lèvres.

– Suis-moi, Kev. Je veux te montrer quelque chose.

En deux pas les voilà dans un champ envahi par les mauvaises herbes ; au loin des rails traversent les broussailles. Un train fantôme, qui paraît translucide contre le bleu du ciel, passe en trombe ; Kev, les yeux plissés, aperçoit une famille dans l'un des compartiments ; ils n'ont qu'une valise et Kev voit, dans cette valise, les vêtements et les sachets de poulet qui doivent sustenter les deux enfants durant ce voyage vers le nord. Il ne sait pas comment il sait que le train se dirige vers le nord, que les enfants se trouvent dans le Delta : mais cette conviction le berce. Il contemple, ébahi, le train qui passe, les contours de la fumée qu'il crache soulignés de lumière par la sphère dorée qui sublime tout ce que touchent ses rayons.

Ils marchent dans les champs. Ella à présent ne tient plus Kev par la main, mais il la suit tout de même. Il lui fait confiance, il sait qu'elle le conduit en lieu sûr, qu'elle lui apportera les réponses, la certitude. Dans un quartier désert, une mare immobile recouvre un parking, de sorte que les bâtisses qui l'environnent s'y reflètent sans trouble : le garage dont l'enseigne a perdu la moitié de ses lettres, l'usine en briques rouges qui n'est guère plus qu'une coquille vide à laquelle ses vitres brisées font une denture de tigre. Les lignes téléphoniques sur lesquelles s'est installée une volée de corneilles, les poteaux intacts, gonflés cependant par toute l'eau bue. Plus loin, des maisons vides qui tiennent debout au défi de toutes les lois de la nature, le ciment des trottoirs s'effritant pour révéler le lourd bilan de la guerre que se livrent le béton et la prairie. Routes asphaltées revenant à la terre là où le bitume a disparu. Des nuages qui flottent dans le ciel. Les bâtiments, les maisons, les entrepôts, le tribunal : tout est nappé d'un brun aux teintes variables, couleur de sable ou couleur de boue – mais brun, partout. Toute la petite ville recouverte de brun.

Si vous entendez les chiens, poursuivez votre chemin. Si vous voyez des torches dans les bois, poursuivez votre chemin. On hurle sur votre passage ? Poursuivez votre chemin. Ne vous arrêtez pas une seconde. Poursuivez votre chemin. Vous voulez goûter à la liberté ? Poursuivez votre chemin.

Coule un fleuve.

Trois cents kilomètres de long, quatre-vingt-dix de traversant dix-neuf comtés, ses marées fertilisant la ter sur lesquelles elles passent, si bien que toutes sortes de richesses pourraient pousser directement sur la terre arable, une couche de vingt mètres grosse de vie et de corps noirs. Aux confins de la ville, le long d'une route déserte, jaillit le maïs en tiges fantasmatiques : à perte de vue, sous l'œil d'engins de ferme, rouillés et tavelés, régnant, fantomatiques, sur toute la ferme.

L'église est blanche, toute simple ; en plissant les paupières Kev se rend compte que la peinture de la flèche est fissurée, écaillée. À distance, cependant, les lieux paraissent intacts, propres, bien rangés, tandis que dans le cimetière envahi de broussailles, derrière l'église, les stèles ressemblent à des dents cassées. Des fumerolles s'élèvent dans les airs et forment bientôt des silhouettes : celles de gens qui travaillent dans les champs, pendant qu'une demeure de plantation se dessine sur son éminence, à coups de lents et fantomatiques tendrons ; elle surplombe les champs. Des foules de femmes et d'hommes noirs endimanchés de blanc entrent et sortent de l'église. Des mères gantées de blanc qui tiennent leurs enfants par la main. Des hommes qui tendent le coude à leur épouse, pour qu'elle leur prenne le bras. Sans un bruit, mais Kev pourtant tend l'oreille pour entendre les rires, les bavardages, la chaleur et l'amour. Ella se penche sur un enfant fantomatique venu à sa rencontre, tend la main pour caresser la joue de l'enfant qui fond au contact de ses doigts, de sa paume, puis disparaît complètement.

Une brise de crépuscule tranche dans cette vision et ces gens s'évaporent. Ne reste plus que l'église. La chaleur s'installe sur leurs épaules comme une couverture. Moucherons et moustiques chantent tout autour de leurs jambes, de leurs mains.

Un pas de plus et ils franchissent une telle distance que Kev, pris d'un malaise, s'effondre à genoux et constate qu'il est dans l'eau. Il tourne vivement la tête en tous sens et comprend, sans savoir comment, que c'est l'eau du Yazoo qui imprègne le tissu orange de son uniforme de prisonnier.

En levant les yeux, il voit d'autres fantômes. Un prêtre dont la main droite recouvre le nez et la bouche d'une femme et dont la main gauche repose sur le bas du dos de cette femme ; l'eau de la rivière leur arrive à la taille ; leurs tuniques blanches s'étalent autour d'eux ; le prêtre plonge la femme dans l'eau, comme s'ils dansaient sans que personne puisse les voir, puis la sort de l'eau ; sa tunique toute trempée colle aux angles et aux courbes de son corps, ses cheveux noirs en lourdes boucles à ses oreilles et à son cou, sa peau scintillante : et Kev comprend sans savoir comment que cette femme et lui sont de même sang. Il porte les mains à son visage, bouts frémissants de ses doigts contre des joues inondées de larmes. Puis le vent leur arrache les fantômes et le cri de surprise de Kev s'étrangle dans sa poitrine. Il regarde, les yeux écarquillés, le Yazoo se transformer en une rue du centre de Greenwood. Dans laquelle vont seuls deux gamins noirs portant des bretelles et un paquet de livres noué d'une lanière par-dessus l'épaule. Ils parlent comme si personne ne pouvait les entendre, ni les commerçants blancs qui les regardent fixement de l'autre côté de leurs vitrines, ni l'homme qui montre au fils de son voisin le contenu de sa boîte à outils – boîte grande ouverte sur la véranda. Ni les jeunes filles qui rentrent de l'école avec leurs mères, lesquelles, brusquement, les enveloppent dans un silence forcé de leurs bras, les tirent à l'écart : ainsi, où que se rendent les garçons noirs dont le sang coule dans les veines de Kev, le reste du monde s'ouvre et s'éloigne d'eux, jusqu'à ce que la route soit déserte et que l'on n'entende plus que la voiture qui roule à toute allure vers eux, pleine de garçons blancs qui brandissent des battes de base-ball et des chaînes, à la poursuite acharnée des jeunes noirs qui ont osé traverser leur partie de la ville sans demander la permission. Kev sait, sans savoir comment, ce qui se produit ensuite : les deux garçons, qui sont cousins, ont trouvé refuge dans une rivière proche ; ils ont failli se noyer d'avoir si longtemps retenu leur respiration pendant que les jeunes blancs armés de torches patrouillaient sur la berge ; puis ces téméraires garçons noirs rentrent chez eux, la poitrine haletante d'effort et de panique pour retrouver leur mère, leur tante, visages blêmes, violets d'inquiétude.

Les images tissent des histoires, tant d'histoires, de sorte qu'il voit un autre jeune homme travailler sous le soleil – il est métayer dans une plantation – puis dénicher une bûche noueuse qui lui servira de siège, ôter son chapeau et s'essuyer le front de l'avant-bras, se rendre à la pompe et verser un peu d'eau sur le bord de son chapeau pour se rafraîchir le crâne et le visage. Le contremaître apparaît sans son fouet – pourquoi diable en aurait-il besoin ? Et, de la véranda, il hurle quelque chose à l'homme assis sur sa bûche ; et, comme si Kev se trouvait dans le rêve, il ne peut pas entendre ce que l'homme hurle, tout juste voir la bouche blanche se tordre, écœurée, pour prononcer des mots. L'homme noir se redresse presque entièrement, mais au lieu de retourner à sa binette, il dévisage le blanc, lui répond. Kev n'entend pas ce qu'il dit, mais il comprend que cette réplique le fait se tenir droit, que chaque syllabe renforce son orgueil et qu'il n'est pas en colère : il veut juste jouir du repos auquel il a droit. Le vent tourbillonne ; vient le crépuscule, et le jeune homme qui a osé se reposer s'est enfui chez sa grand-tante ; dans leur maison en bois, le grand-oncle s'est emparé d'une Winchester et d'un.38 à canon long ; il s'installe dans la véranda, attend la horde qui traque celui qui a osé affirmer sa valeur.

Rite : un code social que l'on défie, une fuite au cœur du sanctuaire de la famille qui se rassemble et protège le fils, le frère, l'aimé en fuite, l'aimé à présent en danger, jusqu'à ce que les plans soient conçus et mis en œuvre, que le fugitif puisse passer au Nord.

Le sol s'écroule sous Kev. Lorsqu'il rouvre les yeux, Ella et lui sont debout dans les airs. Ella semble n'avoir pas bougé pendant tout ce temps, comme un meuble, un arbre qui a affronté toutes sortes de tempêtes. Et regardant cette femme, Kev comprend ce qu'il vient de voir et ressent colère et envie – parce que cette femme a pu avoir accès à des pans immenses de la vie de leur mère que Kev ne connaît pas, parce que le mystère de la vie de Maman est en grande partie résolu.

Des *shotgun houses*, des routes en terre battue, des champs de coton. Des jeunes hommes qui paradent, des fleuves gonflés par des corps noirs. Des installations électriques de fortune qui transforment certains quartiers en masses obscures la nuit. Des églises qui décident d'inscrire sur les listes électorales les gens des environs, les files d'attente qui s'étendent du porche jusqu'au bout du pâté de maisons et ces mêmes églises pulvérisées une nuit : qu'elles aient été vides ou non à ce moment-là importe peu ; ce qui devait être dit l'a été. Un homme qui enfile une cagoule blanche, saute en selle et se rend au galop chez un agitateur pour brûler une croix devant cette maison, puis un crucifix sur cette pelouse lorsque le bois s'écroule ; le lendemain matin, vêtu d'un costume sur mesure, ce même homme qui débat des mérites d'un article de loi devant le Congrès de son État. Des hommes transformés en blocs de viande parce qu'on les a traînés derrière une voiture, derrière un camion, sur des petites routes où grouillent les moustiques, les alligators, les serpents. L'odeur d'une sauce barbecue sucrée qui s'élève d'un jardin, derrière la maison, où oncles et tantes se donnaient des tapes dans le cou ou sur les cuisses, où les gosses se cachaient sous les chaises, ou flirtaient, ou faisaient ce que font les gens quand ils ne sont plus privés de liberté.

– Maman, murmure Kev.

Il tend la main, s'avance vers une des petites filles coiffées en couettes que font sauter sur leurs genoux de vieilles dames.

– Maman.

Les larmes brouillent la vision.

– Maman. Oh, Maman.

Cela paraît durer des siècles, quelques secondes en fait. Au parloir, Ella ôte vite sa main avant que le gardien ne la surprenne.

De l'autre côté de la table, Kev la remercie d'un sourire. Les larmes lui montent encore aux yeux ; il les laisse s'y reposer avant de les ravaler, de retrouver sa dureté.

– Ils vont vraiment me laisser sortir, hein.

Dans sa bouche, ce n'est pas une question. Ce n'est pas une accoutumance. C'est une accusation. C'est comme si Kev inspectait d'un regard en coulisse ce qui se passe dans la tête d'Ella, qu'il résidait dans son esprit lorsqu'elle s'est entretenue avec le défenseur public, qu'elle lui a transmis les documents qui l'aideront à plaider la libération conditionnelle devant la commission d'application des peines – la preuve qu'un logement a été trouvé, les coordonnées de l'éventuel employeur de Kev, les coordonnées et les critères d'admission des établissements d'enseignement locaux. C'est comme si Kev la regardait tandis qu'elle frôle tous les gardiens de prison qu'elle croise, maintenant assez longtemps le contact pour que son Don fasse effet, qu'ils soient convaincus de l'exemplarité de Kev, détenu modèle. C'est comme si Kev voyait la manière dont elle triche.

– Quand tu seras dehors, demande-t-elle, où veux-tu aller ?

Il s'abstient de répondre pendant un moment. Sous les yeux d'Ella, les réponses possibles ruissellent sur le visage de Kev, qui s'en empare, jongle avec elles, les retourne dans tous les sens et finit par s'en débarrasser. Sous les yeux d'Ella, il porte dans ses bras, tout ce temps, un désir tout simple de rester à l'écart de la violence. Puis lui vient enfin la seule réponse qu'Ella aurait voulu ne plus jamais entendre.

– Dans l'Ouest.

IV.

Watts

Watts est une Communauté parrainée.

Je ne savais pas vraiment ce que ça voulait dire avant d'y mettre les pieds. La commission des libérations conditionnelles l'a choisie après avoir rentré tout mon parcours dans son algorithme. Mon casier, mon séjour à Rikers, les quelques mois au nord de l'État, mon expertise psychiatrique, le programme Blessés des Cités auquel Ella m'a inscrit, mes perspectives d'emploi, tout ça. Je leur ai dit que je voulais partir dans l'Ouest, loin des gens, des lieux et des choses qui m'auraient ramené en taule. Watts est la meilleure option qui soit sortie de leurs ordinateurs. Il y a des Communautés parrainées dans tout le pays ; on peut indiquer des préférences, les expliquer : parfois c'est pour se rapprocher de la famille ou bien pour éviter un coin où on a un gros problème. Les humains de la commission vous diront que c'est à eux que revient le choix, mais le fait est qu'ils se contentent de valider ce que l'algorithme leur crache.

Ce qui m'inquiétait, c'était le retour de manivelle, la logistique impliquée par le fait que le Système me suive jusqu'à Watts. Mais visiblement, ça ne posait aucun problème. Ils avaient tout prévu. Ils avaient même contacté un mécanicien qui m'a tout de suite mis au boulot. Plus besoin de répondre à des offres d'emploi avec la case Ancien taulard à cocher.

Ella ne me demande jamais pourquoi j'ai voulu aller dans l'Ouest, étrange choix, et je ne lui demande jamais pourquoi ça la tracasse tant. Je sais qu'avant ma naissance, elle et Maman ont habité pendant un moment à Florence, dans la banlieue de Los Angeles. Mais je me rappelle que c'est là que je suis né et, dans mon souvenir, c'est le seul endroit où Maman et Ella me sourient toutes les deux en même temps.

Quoi qu'il en soit, quand j'arrive je ne vois qu'horizons bas. Maisons en stuc repeintes à neuf. Un ou deux étages, jamais plus. Et tout est nimbé d'une lumière de grand jour, qui donne à ce monde un éclat que je n'ai jamais vu aux immeubles surpeuplés et branlants de Harlem. Partout, cependant, des logos. Un grand panneau publicitaire au-dessus des rails de la Pacific Electric porte le symbole à trois barres qui figurait sur la machine qui m'a donné ma feuille de route. Pas de bracelet électronique pour moi. Mais ceci : à la suite de l'entretien, on m'a ouvert le pouce et inséré une puce dans la pulpe – méthode qui, d'après ce que j'ai compris, date déjà de quelques années. Un bracelet, ça peut s'enlever ou tomber en panne après une séance de natation. La puce, rien à faire. Si je ne peux pas m'offrir un verre, une taffe ou un cachet de Xanax, au moins je ne serai pas forcé de pisser devant un type que je ne connais pas et qui peut me renvoyer en taule sous prétexte qu'il s'est pris la tête avec sa meuf la veille au soir. J'ai vu la puce avant insertion : elle portait un logo à trois barres.

Je longe les rails désaffectés, guettant distraitement du coin de l'œil les bouteilles cassées que devraient laisser les gosses qui viennent ici, morts d'ennui, péter des trucs. Mais il n'y a rien. Pas de seringues, pas de tessons, pas de pochons de beuh vidés de leur contenu. Des canettes, des clous, rien. À quelques pâtés de maisons, des enfants jouent sur les portiques d'une aire de jeux.

Quand je suis arrivé ici, je m'attendais en partie à trouver un paysage post-apocalyptique. Lorsque vous êtes en taule, vous avez des nouvelles du dehors : les présidents qui se succèdent, les crimes de haine qui augmentent. Les nazis dans les rues qui tuent les noirs. Les gens qu'on recommence à coller en taule pour des broutilles. Des machins importants auxquels on met le feu. Vous vous souvenez des vieux en prison qui vous parlaient des émeutes dans les années soixante, des émeutes dans les années quatre-vingt-dix. Des mecs plus jeunes, comme moi, qui me parlaient des émeutes des années deux mille dix. Et il reste quoi après tout ça ? Des pigeons qui se rassemblent sur le toit de tuiles rouge d'un commissariat de quartier, des immeubles désertés dont les arêtes sont encore noircies, des tessons de bouteilles de porto qui vous font des clins d'œil au soleil. Des gosses, des réfugiés de tous les coins du monde, des morceaux de verre plantés dans la plante des pieds parce qu'ils n'ont pas de chaussures et qui ne bronchent même pas – traverser la Fin du monde un certain nombre de fois, ça endurcit.

Eh bien : non. Ici, il y a des salles de billard et des églises. Et même des mosquées. Ça ressemble à ce que Rockwell aurait pu peindre si un nègre du ghetto lui avait soufflé une description de son chez-lui au creux de l'oreille.

Ça n'est pas chez moi pour autant. Du moins pas un chez-moi où j'essaierais de rentrer. Ça a l'air tout neuf. Ce qui n'est pas pour me déplaire.

Je vais habiter un petit pavillon de plain-pied, copie conforme de tous ceux du pâté de maisons. Il y a une pelouse et une clôture en grillage. Assez de place pour un jardin, mais j'imagine que c'est à moi de décider si je veux y planter quoi que ce soit. Je m'attends vaguement à voir des négros chevaucher ces super tracteurs-tondeuses que les blancs pilotent dans les films – un ballet synchronisé dans un décor genre *Les Femmes de Stepford.* Mais le calme règne. Quelques personnes sous les vérandas. Bière bien froide à la main, dans un ou deux cas. Et le soleil s'assied sur l'horizon, de sorte que le ciel tout entier se couvre de cicatrices au couteau, des violettes, des roses, des blanches, des bleues.

J'essaie d'ouvrir la porte mais la poignée ne bouge pas. Il n'y a pas de trou de serrure. Les rideaux sont tirés : je ne peux pas voir à l'intérieur de la maison. Je consulte le site d'info sur mon Palm : c'est la bonne maison. Je suis géolocalisé à l'endroit où je dois être. Je ne me suis pas trompé d'adresse.

J'étais censé d'après eux en avoir fini avec ce genre de problème, puisque tout se passe sans les humains, par le biais des algorithmes et des machines. Je pensais qu'après la commission des remises en liberté, je n'aurais plus jamais à revoir une telle collection de faces de culs blancs : mais si je dois appeler l'assistance technique dès la première semaine passée dans ce trou…

Je la sens qui monte. Je sais qu'elle vient, je sais ce que ça va entraîner : et pendant ce temps-là le monde se colore de rouge ; je suis à deux doigts de me casser les poings sur ces fenêtres en Plexiglas quand j'entends une voix dans mon dos.

– Hé, le Bleu !

Le type porte un de ces polos pour vieux : la coupe est conçue spécialement pour envelopper le bide de femme enceinte qui leur tombe dessus après quarante ans. Il a une bière à la main, une O'Doul's – ses doigts ne recouvrent pas complètement l'étiquette.

Il se marre. De ce rire que les vieux ont quand ils ont sous les yeux quelque chose qui leur rappelle leur propre expérience. Si ce n'est pas la manifestation humaine la plus énervante du monde, ça n'en est pas loin.

– Il faut se servir du pavé tactile.

– Le pavé tactile ?

Il désigne de sa bière un petit carré noir près de la porte, là où devrait se trouver la sonnette.

– On t'a filé une carte à puce, non ?

– Toi aussi, t'es en conditionnelle ?

Je me rends compte que c'est la première personne à laquelle je parle depuis mon arrivée. C'est peut-être parce que c'est une ville fantôme que l'endroit a l'air si neuf. Personne n'y vit encore.

– Ouais, ça fait trois ans.

– T'es d'où ?

– Florissant.

C'est-à-dire Saint Louis, Missouri. C'est-à-dire le Sud. À la manière dont il le dit, il sait que je lui dois maintenant le respect. Il ne suffit pas d'être vieux, ou d'avoir la preuve tatouée de vos exploits de gangsta en ce bas monde, ou d'avoir commis toutes sortes d'autres trucs crétins. Vous attirer les foudres de la Force, de la Fureur (ou quel que soit le nom qu'on donne à ça dans votre bled) tout seul comme un grand – et comme le crétin que vous êtes. Pourtant, il y a des endroits où vous devez vous coltiner la lie des blancs – des terroristes. Les endroits où on a fait du fric sur votre dos en vous filant des contraventions, en vous convoquant au tribunal les jours où vous ne pouvez pas venir, en vous collant d'autres amendes parce que vous n'êtes pas venu – quand ça ne vous vaut pas la taule, tout simplement –, en vous promettant, quelle bonté, de mensualiser les paiements : mais si vous êtes en retard d'un ou deux jours, vous vous retrouvez avec un mandat d'arrêt ; une fois que vous êtes au trou, ils vous demandent deux, trois, quatre mille dollars de caution ou ce genre de pactole à la con dont ils savent très bien que vous ne l'avez pas, et voilà comment ça commence. Pendant que vous êtes en taule, vous ratez votre entretien d'embauche et quand vous vous retrouvez devant le juge, ces mecs vous demandent de porter autre chose que votre uniforme de taulard et vous vous retrouvez à porter les fringues puantes du jour (ou de la semaine) de votre arrestation ; et le jour du procès, vous êtes menotté, vous sentez le vieux et vous faites ce que vous pouvez pour vous sentir encore vaguement humain. Si vous avez de la famille, votre maman pourra peut-être taper dans le capital de son assurance-vie pour payer la caution.

Je ne suis pas assez con pour poser la question des gosses.

Il est à côté de moi à présent et tire de la poche arrière de son pantalon une carte blanche, toute fine. À l'usage, ce qui y était inscrit s'est presque entièrement effacé. C'est plus du braille qu'autre chose, maintenant. Mais je reconnais les trois barres du logo.

– À l'entrée de toutes les maisons, ici, il y a un pavé tactile. Tu poses la carte dessus et c'est bon.

Je passe la main sur mes poches. Je ne me souviens pas qu'on m'ait refilé une carte de ce genre – ni à Rikers, ni à mon arrivée ici, et me voilà prêt à maudire le Système, pas même foutu de se débarrasser de moi sans merder.

– Non, j'ai pas eu ça.

Et c'est là que je me rappelle un détail.

– Par contre, ils m'ont collé une puce dans le pouce.

Les sourcils du type se haussent ; ça l'étonne un peu.

– Putain, ça alors.

Et, deux secondes plus tard :

– Bon, ben, essaie.

Je pose le pouce sur le pavé tactile et la porte-moustiquaire s'ouvre lentement dans notre direction. Puis la porte d'entrée disparaît en coulissant dans le mur ; l'intérieur est drapé de ténèbres. J'y distingue pourtant déjà un canapé, une table de salle à manger avec quelques chaises et un couloir, qui doit mener à la chambre et à la salle de bains. C'est curieux d'imaginer que ces deux lieux puissent être séparés. C'est cela bien plus que tout le reste qui donne l'impression la plus luxueuse du monde. Je ne vais plus chier là où je dors.

– Qui paie tout ça ? je demande, sans me retourner vers le vieux.

– C'est toi, le Bleu, répond-il, hilare. Qu'est-ce que tu croyais, négro ?

– Mais… comment ça ?

– Comme tout le monde. C'est prélevé sur ton bulletin de salaire.

Pendant que je digère l'information, il me regarde en secouant la tête. Ça ne m'avait jamais vraiment frappé jusqu'ici. À peine ai-je eu le temps de me faire à ma liberté que me voilà qui dois endosser toute une série de responsabilités nouvelles. Mais ce n'est pas une mauvaise chose. Quand j'étais en prison, la routine aidait. Trois repas complets par jour, même s'ils n'avaient de complet que le nom, la plupart du temps. Du boulot. Et l'impossibilité d'oublier qu'on ne savait jamais quand ni où le mal pouvait frapper.

Je regarde autour de moi et ne vois que nous deux dans la rue. Et je n'ai pas l'impression que qui que ce soit m'attende dans ma nouvelle maison.

– C'est bon, dit le gars. T'es plus en taule.

J'ai envie de lui dire que je sais bien, mais ce serait mentir.

Il s'éloigne.

– La prochaine fois que t'es dans la merde ou que t'as besoin d'aide, t'appelles Calvin.

Il y a plus d'espace dans la boutique que Miguel n'en a besoin, à mon sens. C'est censé être agencé en salon de coiffure pour hommes, mais ça tient plutôt du hangar et c'est là que nous sommes, ramassis de types dont les dates de retour à la liberté varient. Royce a été jugé à Detroit ; il a passé un moment à Dearborn avant d'être transféré ici. Romero et Marlon sont du même quartier du Bronx : le Dominicain et le Jamaïcain qui ne se sont pas fréquentés quand ils étaient gosses, même s'ils sont allés au même lycée et qu'ils ont suivi les mêmes gangs, sans jamais se croiser jusqu'au jour où, après la taule, ils se sont retrouvés sur le thème : « Hé, mais tu serais pas le mec de… »

Autour de nous, du métal. Il fait assez chaud dehors pour qu'on doive éviter de toucher à peau nue les capots des carcasses rouillées qui jonchent les alentours du hangar. Ce qui n'empêche pas deux ou trois autres types en conditionnelle de s'être couchés dessus pour trouver le sommeil, un journal déployé sur le visage. Nous sommes censés bosser, mais comme nous sommes un paquet à ne pas avoir de certificat en mécanique pro, il faut passer par la case apprentissage. Et Miguel pour le moment n'a qu'un client.

Un homme à la peau claire est installé dans son fauteuil, silencieux, le torse contre un coussin, le moignon de son bras droit reposant sur un autre coussin posé devant lui. Miguel a disposé ses outils sur une plaque de métal, à côté du client ; les étincelles jaillissent en arc de cercle et crépitent en touchant le sol. Miguel, dans le temps, était coiffeur et tatoueur. Et c'est à ça qu'il s'est reconverti.

– Il n'y a pas encore de syndicat ou d'organisation de ce genre, dit le type à la peau claire. Mais on est quelques-uns à l'usine à vouloir mettre un truc sur pied.

– Ils vous laisseront faire, tu crois ? demande Miguel, presque machinalement, à la manière des coiffeurs qui doivent bavarder avec le client tout en déployant toute la précision requise par l'exécution d'un *fly high-top fade*.

Marlon, assis sur une caisse, se penche vers lui.

– Tu peux tout simplement pas l'appeler syndicat en anglais. Faut le dire en espagnol. Ou en patois. J'ai eu un agent de probation, un jour, qui croyait qu'une balnave, c'était un truc pour le goûter des gosses. Genre fruit tropical ou j'sais pas quoi.

Mero éclate d'un gros rire et manque de tomber de sa caisse.

– Même si leur putain d'algorithme traduit les machins automatiquement de l'espagnol à l'anglais, ça n'a toujours pas de sens.

– C'est sûr. L'espagnol de la Dominique, c'est pas de l'espagnol, mon négro. C'est du dominicain. C'est comme quand t'es en taule et que tu causes en code au parloir avec ta meuf.

Mero pointe sa O'Doul's sur Marlon.

– Mais faut qu'elle baisse un peu son pantalon quand elle se pointe parce que le maton lui dit genre « Non, m'dame, vous pouvez pas rentrer, vous êtes trop bombasse, là », ou alors elle fait sonner le portique à cause de l'armature de son soutif.

Marlon se marre.

– Juste avant qu'elle se sorte l'héro du trou de balle.

Même ça, ça me fait rire.

Mero pousse un soupir.

– Merci à la taule.

– Pas question, gueule Marlon. Merci à la sortie !

Royce, couché sur un capot, soulève le journal puis pivote, de sorte que ses jambes pendent au-dessus des roues. Pas une grimace lorsque le métal pourri, brûlant, entre en contact avec sa peau, ce qui me fait penser qu'il porte sinon des augmentations, du moins des prothèses.

– Les négros, ils croient vraiment qu'en sortant ils recommencent de zéro. Sauf qu'en fait, ils se sont jamais arrêtés. T'as déjà joué au Monopoly, mon négro ? Tu sais que quand t'es en taule au Monopoly, faut juste attendre deux tours ? Attends que je sorte, j'me paie Baltic Avenue, négro. La moins chère. Les négros pourraient pas se balader sur Boardwalk sans faire de courbettes. Elle vaut des millions.

Il dit ça d'un ton sérieux, mais on sait tous qu'il plaisante.

– Tout le vert, c'était moi, mon négro.

– Tu sais que dans la vraie vie, dit Mero, les rues du Monopoly, c'est complètement de la merde ? T'es au courant, quand même ?

Marlon :

– Tu peux même te les offrir avec des dollars Monopoly.

Entre deux rires :

– Des dollars Bronx Monopoly.

Pendant ce temps-là, je ne quitte pas le gars à la peau claire du regard. Miguel lui a dit quelque chose que je n'ai pas entendu et il se marre tout bas.

– Hé ! Ce boulot à l'usine, c'est comment ? C'est un truc fédéral ?

Marlon rigole.

– Vous avez vu comment il l'a posée, sa question ? Comme si c'était un truc de cul ou autre. Oooh, regardez ce négro qui trime les week-ends pour toucher la double paie. Mmh, les tarifs du week-end, mmh, ça me la rend toute dure, mec.

Mero :

– Putain, tu vois les congés que ce négro va sans doute amasser ?

– Tu mates même pas les meufs et t'es genre, putain, « Tu sais qu'il a des avantages et des bonus, hein ? Oooh, je me demande la tête qu'a son bulletin de salaire, à ce négro ». Tu te réveilles le matin le peignoir ouvert et tu regardes bosser les éboueurs.

Il faut que j'attende que les mecs du Bronx se soient calmés avant de faire un signe de tête au client de Miguel.

– Alors ?

Le type hausse les épaules.
– Je suis venu me faire poser un nouveau bras.
– T'as perdu l'ancien au boulot ?
– Ouais, mais tout est réglé par le Parrainage. Ils ont payé l'hosto et tout le reste.
Mero se perche sur le bord de la caisse.
– T'as pas eu de retenue sur salaire ?
Le type cligne de l'œil pendant que Miguel soude le métal à ses nerfs.
– C'est un boulot fédéral.
– Bosser pour Babylone, murmure Marlon avec un accent rasta plus vrai que nature et un sourire narquois.
Je plisse les yeux.
– Ça fait pas mal ?
Le type répond d'un nouveau haussement d'épaules. Il n'a pas l'air de se donner trop de mal pour faire de la pub à son taf. Peut-être qu'on le paie pour avoir l'air excité dans la mesure du raisonnable.
– Nan, la Compagnie m'a bloqué les nocicepteurs le temps de l'opération. Via la puce.
Je regarde mon pouce : c'est là qu'on a inséré la mienne, après que la commission des libérations conditionnelles a autorisé ma sortie. C'est peut-être à cause des rayons du soleil et du jeu des ombres, mais j'ai l'impression de la voir luire en bleu sous ma peau. Trois barres bleues comme le logo de la Compagnie sur les panneaux publicitaires.

On est tout un paquet, installés en rond. Le Dr Bissell est dos à la porte et tous les autres, moi compris, sont assis autour de lui. On est huit ou neuf. Presque tous noirs ou bruns de peau. Personne n'a de tatouage de gang : comme si nous étions tous des spécimens isolés, filtrés par le système et recrachés dans cette petite oasis où nous avons tous un boulot et une sacrée grande baraque. Le Dr Bissell ne dit pas grand-chose. Il a l'air d'organiser ce genre de séance depuis un moment et il a vu assez de types atterrir ici pour savoir qu'il est impossible de « gagner » notre estime, comme si ça fonctionnait avec un système de points. Non : parfois, il faut laisser parler le gars et les autres arriveront peut-être à se faufiler par cette porte ouverte. Je me souviens des assistants sociaux en prison et de tous ces psychologues et autres que Rikers faisait turbiner. Incapables de fermer leur gueule et d'attendre, de voir si ces négros taciturnes allaient se trouver une raison de causer, n'importe laquelle.

Calvin est là, lui aussi. Chemise marron clair sur son bide jupitérien.

– La violence est cause de traumatisme, m'a-t-il dit juste avant que je me faufile chez lui par la porte coulissante. Et le traumatisme à son tour est cause de violence, le Bleu. Les gens à qui on a fait du mal en font aux autres.

Tout cela susurré d'une voix docte. J'aurais bien aimé lui demander d'arrêter de m'appeler le Bleu. À vingt-huit ans, t'es plus un gamin.

Un jeune du nom de Davis a pris la parole. Il est de Philadelphie. Sans doute le genre de porte-flingue dont les rappeurs de Philadelphie disaient qu'ils les connaissaient en personne. Les types avec lesquels ils fabriquaient du crack dans la cuisine, peut-être même ceux qu'ils faisaient jouer dans leurs clips. Si je retrouvais une vidéo de Meek, de Beanie ou de Cassidy sur la tablette d'un type d'ici, je verrais peut-être Davis en arrière-plan, illuminé par les néons.

– Le truc, c'est, on ne se fait pas tirer dessus ou planter, on se tire dessus nous-mêmes, on se plante nous-mêmes, vous comprenez ?

Davis parle les mains devant lui et souligne en permanence ses propos d'un coup de poing dans la paume. C'est toute l'ampleur de sa portée. Pas de geste de la main, pas d'index qui montre : juste le claquement des phalanges sur la paume.

– Par exemple, un pote – je ne vais pas vous donner son nom –, on lui avait tiré dessus et une fois qu'il a pu quitter les urgences, il lui arrivait souvent de se planter devant les bus ; à la dernière minute, il tendait les mains.

Un claquement doux.

– Je n'ai pas envie de finir comme lui. Alors dès que j'ai pu, je me suis fait transférer à Watts. On m'a dit que vous étiez là-bas.

Il secoue la tête.

– Et tout ça pour un truc à la con.

Hendrix, un type d'Atlanta avec de longues dreads qui lui descendent jusqu'au milieu du dos, se carre dans sa chaise. Le genre de négro qui garde ses lunettes de soleil à l'intérieur.

– Ça t'arrive de vouloir te venger ?

Davis se hérisse.

– Tout le temps, mon négro. Qu'est-ce tu crois ?

Ils ont commencé à élever la voix ; je surveille le docteur que ça n'émeut pas.

– C'est pour ça que je viens ici. Pour en parler, au lieu de le faire. À quoi ça ressemble, essayer de choper le négro qui m'a planté pour de l'herbe.

Je sens qu'Ella est dans la salle. Quelque part entre Davis et moi. À me hanter. Et son Don, la possibilité qu'elle a de s'introduire dans la tête des gens, est en train de me contaminer : alors quand Davis parle du type qui l'a planté pour de l'herbe, je vois l'église désaffectée au croisement de la 18th et de Ridge Street dans North Central Philly, et Davis qui prend trop de temps pour régler un achat et l'autre type, qui porte un gros blouson des Sixers pour se protéger de l'hiver philadelphien, se met à tchiper, s'impatiente et finit par prier Davis d'aller se fournir ailleurs – il ne le dit pas dans des termes aussi simples ; Davis lui sort, « Connard, je vais où ça me plaît » ; et le type lui répond ; puis Davis lui balance son poing sur la tempe ; et le type réplique et Davis se fout de savoir s'il est armé ou pas, tout ce qu'il voit, c'est que si lui, Davis, est assez rapide, il va pouvoir se faire M. Sixers pour de bon – mais il y a un éclat métallique, une lame, et le type égratigne la peau, avant de planter son couteau ; et Davis regarde l'arme qui entre et qui sort et qui entre et qui sort et qui entre et qui sort, toujours à cogner, sans sentir la douleur, même s'il y a du sang partout ; et le type échappe à Davis et Davis se tord sur le trottoir, pense qu'il va falloir appeler une ambulance – par bonheur le marchand de beuh ne lui a pas fauché son portable – avant de se dire que l'ambulance, ça coûte, ça coûte genre deux mille dollars donc il serre les dents, il se relève et il marche jusqu'aux urgences du Hahnemann University Hospital, sur un peu moins de deux kilomètres. Et pendant ces deux kilomètres Davis se tient les tripes. Le sang goutte sur le trottoir. Des inconnus s'en rendent compte, veulent l'aider. Mais ses potes de Francisville, les gens qu'il connaît depuis qu'il est né, ils s'en abstiennent. Ils savent à quoi s'en tenir sur son compte. Alors, il refuse qu'on l'aide et il marche, il marche, il marche.

Et je me réveille. Je suis toujours dans la ronde avec les autres types de Watts. Personne ne parle ; Davis me regarde avec de la douleur dans le regard. Je ne sais pas combien de temps je me suis déconnecté. Mais pendant tout ce temps-là, je n'ai pas dû le quitter des yeux.

Je me pose la main sur les yeux, secoue la tête pour en chasser Ella.

– Ça va, je murmure.

On dirait qu'ils attendent une suite, mais j'ai déjà menti

à ces gars. Quand Hendrix se met à parler de son séjour en prison et de son premier passage au mitard, je sors. Après Davis, je ne peux pas vivre les souvenirs de ce gars.

La porte du Dr Bissell est ouverte, ce qui ne m'empêche pas de frapper.

Il y a une tablette sur son bureau et quelques photos – de sa famille, j'imagine. J'imagine, parce que je ne vois que le dos des cadres. Il me regarde, il sourit, il se lève pour me serrer la main.

– Kevin, c'est ça.

– Ouais. Kev. Kevin Jackson.

Il ferme la porte, je m'installe dans une des chaises, il réintègre la sienne, derrière le bureau.

– Troubles du sommeil, je lui dis, avant qu'il ne se lance dans l'échange de banalités. Vous êtes le genre de médecin qui fait des ordonnances ?

– Il n'y a pas d'ordonnances ici.

Il croise les mains et se penche au-dessus du bureau. Il a remonté ses manches de chemise. Pas de tatouages, à vue d'œil. Ce qui ne l'empêche peut-être pas d'être un dur à sa manière.

– Mais si les troubles anxieux résiduels dus à votre incarcération deviennent insupportables, je peux écrire à la Compagnie ; ils augmenteront la dose.

– La dose ? La dose de quoi ?

– Vous avez un implant, non ?

Je regarde mon pouce.

– Vous voulez parler de ce machin ? Oui, mais ça me sert juste de clef. Pour entrer chez moi, ailleurs, vous savez, et quand ils veulent me localiser.

– Eh bien, cette puce est également en mesure de contrôler votre métabolisme ; lorsque son analyse indique que vos troubles anxieux augmentent ou que vos symptômes de stress post-traumatique reviennent, elle peut sécréter des substances qui bloquent ces processus. Vous avez eu ce genre de problèmes ces temps-ci ?

Je hausse les épaules. J'ai rêvé du soir où j'avais emprunté la cagoule de Freddy.

– Je veux dire… Oui, la nuit dernière, mais ça n'a jamais été bien loin.

Le docteur garde le silence un moment.

– Vous vous souvenez du nombre de fois où vous vous êtes retrouvé à l'isolement ? Si vous avez oublié, ce n'est pas grave.

Comme je ne sais pas comment réagir, j'ai un rire nerveux.

– En fait, quand vous êtes à l'isolement, les jours ont tendance à faire bloc. Bon, mais vous pouvez faire quelque chose ? Augmenter la dose, par exemple ? Ce n'est pas que j'essaie de me souvenir de tout ça.

Depuis que je suis dans son bureau, mon rythme cardiaque augmente.

– Hier soir, j'ai eu une bouffée de je ne sais quoi qui m'a aidé à dormir, mais il m'en faut plus.

– La séance vous a secoué, non ?

– Oui, mais…

– La chimie est là en tant que complément. Elle ne constitue pas l'essentiel du traitement.

Il se tait, me jauge.

– Ici, le vrai but, c'est de faire de vous un citoyen productif. De vous donner la possibilité de contribuer à la société.

Un discours qui sonne comme s'il l'avait déjà tenu cent fois, mais c'est aussi le genre de négro qui vous le débite comme si c'était la toute première fois. Et ça marche à tous les coups.

– De vous remettre sur pied. Bon, c'est évident, vous avez vécu des tas de choses derrière les barreaux que vous n'oublierez pas. On ne peut pas remonter le temps. Ni faire en sorte que ces choses ne se soient pas produites. Ce qu'on peut faire, en revanche, c'est aller de l'avant. Et vous apprendre à éviter ce qui peut déclencher les états anxieux. Et pour les stimuli que vous ne pouvez pas éviter, vous apprendre à gérer.

Ce n'est pas ce que je voulais entendre et il s'en rend compte.

– J'ai… J'ai une sœur. Ella.

Au moment même où je m'exprime, où je mets l'idée en mots, je trouve étrange de parler d'elle. J'ai l'impression de ne pas avoir prononcé son nom depuis près de dix ans à quelqu'un qui ne soit pas de la famille.

– Quand votre famille vous soutient, ça vous aide à ne pas retourner en prison, vous savez. Et je me demandais si elle pouvait me rendre visite, au cas où je pourrais la contacter ? Puisqu'elle me rendait visite en prison ?

Les traits du Dr Bissell s'affaissent. Comme si je l'avais frappé au sternum.

– Non, c'est impossible.

Avant que je m'en rende compte, la colère me submerge ; je serre les bras du fauteuil et concentre la fureur là, dans mes doigts.

– C'est une Communauté parrainée. Les personnes extérieures qui ne font pas partie du programme ne sont pas autorisées.

Son regard se perd dans un relatif lointain.

– On a eu des problèmes, dans le temps. Des personnes qui n'ont pas été en mesure de gérer des éléments du passé qui revenaient leur rendre visite. C'est un nouveau départ, ici. Les compteurs à zéro.

– Jusqu'à la fin de ma conditionnelle. Dans trois ans.

Le Dr Bissell fait craquer ses articulations. Son tic à lui.

– Je vais demander à la Compagnie d'augmenter vos doses.

Je sais qu'il est là pour me venir en aide. Et je sais qu'il fait de son mieux. Il a un boulot, qui n'est pas sans contraintes, et il essaie de m'aider à sa manière, la seule qu'il connaisse, mais ça n'arrête pas les pensées de merde.

Ça me vient aussi brusquement qu'hier soir. Une vague de sérénité. Pas besoin de regarder mon pouce pour savoir qu'il luit. J'expire, je pianote sur les bras du fauteuil.

– Ça va. Je me sens bien, je lui dis.

Cette fois-ci, ce n'est qu'un demi-mensonge.

Le temps que je rentre chez moi, les étoiles paradent au ciel. Et Calvin dans sa véranda.

Il a sorti son fauteuil à bascule.

– T'as le temps de discuter une ou deux minutes, le Bleu ?

Comme je ne veux pas essayer de m'endormir tout de suite, je le rejoins dans la véranda. Il a un pack de O'Doul's Cerise à portée de main. Il en récupère une qu'il me tend ; je la refuse d'un geste.

– Je ne bois pas.

Je ne bois plus. Pendant un moment, nous gardons le silence, assis là. Une seule distraction, le grincement que produit son fauteuil quand il se balance. Personne pour hurler d'une cellule. Pas de matons pour beugler des ordres. Pas de mystérieux coups venus simultanément de partout et de nulle part. Pas de sirènes. Pas de bruits de bottes en cavale tandis que le détachement antiémeute nettoie les couloirs. Personne qui fait claquer du reggaeton de sa fenêtre. Les négros disaient toujours que c'était le silence qui avait fini par les choper, que c'était le truc le plus pénible à supporter : mais ce n'est que maintenant que je comprends où ils voulaient en venir. Il y a peut-être d'autres anciens taulards dans le pâté de maisons, dont certains arrivés la semaine dernière, mais je n'arrive même plus à entendre les cigales maintenant.

– T'as pas l'impression d'être encore en prison ? je demande à Calvin.

Ces derniers temps, je raconte de plus en plus de conneries sans m'en rendre compte. J'ai horreur de ça.

– Qu'est-ce tu veux dire ?

Je désigne les maisons le long de la rue d'un geste de la main.

– On est complètement isolés. Pas de visites des familles. Je ne peux pas me servir de Facebook. Ni de Twitter, ni de YouTube, ni rien. Je suis coupé de tout. Je me lève, je regarde Miguel bosser jusqu'à ce que je puisse décrocher un permis de soudeur, je vais toutes les semaines consulter le Dr Bissell. Il faut un rendez-vous pour tout. Et impossible d'y échapper, parce qu'il y a rien d'autre à foutre.

Calvin ricane.

– Y a un mois, t'étais heureux.

Il boit une gorgée de bière.

– Et quand tu commences à grogner, ils se servent de ta puce pour t'injecter des substances dans le cerveau et ça revient à la normale. T'es sorti, le Bleu. Quand tu penses à ce que tu peux pas faire, réfléchis plutôt à ce que tu vas faire. Comme gagner du fric.

– En taule aussi je gagnais du fric. J'avais un taf. Je réparais des ordinateurs. En quoi c'est différent ?

Calvin prend cet air que les plus vieux ici ont quand ils savent qu'ils ne peuvent pas convaincre les gamins.

Je crois que je hais Watts.

Parfois, je la sens derrière mes yeux qui essaie de m'emmener ailleurs quand je bosse sur des prothèses avec Miguel ou sur un autre truc bizarre en métal ; elle ne me donne que de la douleur. Ces jours-ci, tout ce qui est ancien la fait pleurer. Et je lui en veux. Je crains chacune de ses visites. Le cœur se met à pomper, la chaleur me prend au visage et c'est comme si je me préparais à me battre contre quelqu'un que je ne peux pas frapper : alors je reste planté là et je prends toute cette colère nouvelle qui s'accumule en elle ; et c'est là que j'aperçois quelques-uns des endroits où elle passe sa vie : l'auditorium du siège des services de maintien de l'ordre de Chicago – avec des policiers assis sous une bannière où on peut lire « Police de Chicago, de génération en génération – Des familles, une fierté, une tradition ». Sur scène, les hommes sont blancs, presque translucides. Comme des hologrammes : et les gens noirs, dans l'assistance, sont tangibles, suants, douloureux, vibrants d'hypertension, de vie au club ou à l'église ; une femme s'est levée et elle hurle : « On sait bien que ce conseil d'administration se fiche des femmes noires ! On sait bien que ce conseil d'administration se fiche des noirs en général ! » Et le conseil essaie vainement d'expliquer les améliorations de l'algorithme qui alimente son maintien de l'ordre, un algorithme développé avec le concours de génies de la Silicon Valley qui a permis déjà de réduire les crimes et délits de 19 % dans South Side.

– Mais le nombre de garçons noirs que vous collez en prison sans motif a triplé au passage, gueule une autre femme noire.

– Écoutez les femmes noires, hurle un jeune homme de l'assistance ; il n'est pas complètement sérieux mais tout le monde les applaudit, les encourage, lui et la femme qui ne s'est pas rassise.

Puis les meurtres commis par les policiers. Les roboflics programmés avec cet algorithme censé ne pas tenir compte de la couleur de peau. Hors de Watts, une dizaine de fusillades de plus, une dizaine de familles éplorées de plus qui vont devoir lutter, stoïques, dans leur chagrin noir, ou qui pourront prendre le micro et exprimer leur colère noire ; et les corps qui s'entassent de plus en plus nombreux, les piles de corps de plus en plus hautes, et la frustration provoquée par l'impunité car, explique le procureur général de Saint Louis de Kansas City de Staten Island de Dayton de Gary d'Albuquerque d'Oakland, « on ne peut pas inculper un algorithme ».

Je vois Ella qui traverse le North Side de Milwaukee, qui passe devant les autels improvisés à la mémoire de gosses noirs et morts : ours en peluche, fleurs qui brunissent, rubans noués à des poteaux téléphoniques, flottant dans le vent ; et je sais qu'elle a touché le sol autour de ces autels, qu'elle a fermé les yeux et tout vu : que la balle vienne du flingue d'un autre gosse de couleur ou de celui d'un flic, elle a regardé l'histoire se dérouler sous ses yeux.

Elle agit de même avec les monuments confédérés qui, dans le Sud, sortent de terre comme la mauvaise herbe. Honneurs rendus à des généraux traîtres et à des soldats qui servaient les intérêts du dieu Coton. Elle touche leurs piédestaux, palpe leurs visages moulés à la chaîne, effleure du bout des doigts les cartouches sous les statues. Elle veut savoir qui fut pendu ici. Rossé ici. Au nom de qui ils furent molestés.

Elle rassemble tout cela en elle. Absolument tout.

Le canon de la tourelle suit Ella qui marche sur le trottoir. Tous ceux qui auraient pu hanter le béton sont chez eux ou bien ont fui le quartier pour des endroits sans Gardiens qui tournoient dans le ciel, sans sphères de surveillance qui prennent leurs mesures biométriques et les comparent à leurs bases de données, sans Augmentés qui s'agrègent sur les trottoirs, devant les boutiques, les entrées de métro, pour effacer quiconque a un casier. Les jeunes blancs qui se sont installés ici – les dreadlocks crasseuses de certains d'entre eux exhalent un vague fumet de beuh – détournent le regard quand ils la voient, puis reprennent leur position initiale quand elle est hors de portée de leur voix. Le trajet est court mais elle a l'impression d'accomplir un pèlerinage dans le désert.

Elle parvient devant l'église qui s'élève sous ses yeux comme l'unique ongle pédicuré et verni d'un pied gangrené. Une seule pensée et la porte s'ouvre. Les gonds ont été huilés, se dit-elle, ce qui n'empêche pas les battants d'émettre un grincement profond quand ils se meuvent et se referment.

Un homme seul, manches de chemise retroussées, glisse des missels sous les bancs d'église.

Elle est, pendant un instant, transpercée par un sentiment de transgression. Elle ne devrait pas être là. Puis cela passe ; la voilà capable d'avancer vers l'homme, assez bruyamment pour qu'il la remarque.

L'homme lève la tête ; sa barbe poivre et sel soigneusement taillée souligne sa mâchoire. Il sourit avec lassitude.

– L'étude de la Bible, ce n'est pas ce soir mais demain.

– Je sais, pasteur. Je voudrais seulement…

L'homme fronce les sourcils, soucieux ; il pense aux Gardiens, elle le sait. Il pense aux algorithmes qui régissent le pâté de maisons et se demande si cette entorse au déroulement ordinaire des mouvements attirera leur attention sur lui.

Elle ne sait pas pourquoi elle est ici. Si j'attends suffisamment, cet homme pourra me le dire, songe-t-elle.

– Vous… Ma mère venait dans cette église, autrefois. Elle s'appelait Elaine.

Le souci disparaît, remplacé par la joie qui accompagne le voyage dans le temps vers les souvenirs nimbés d'or.

– Lanie, dit-il, pensif.

Puis le chagrin assombrit ses traits.

– Quelle perte ! Je suis navré. Mais tu dois être Ella ?

Il semble oublier les forces de police, dans la rue.

– Ça fait si longtemps. Tu habites par ici, maintenant ?

Ella hausse les épaules.

– Tiens, assieds-toi.

Il s'installe sur le banc d'église et tapote le coussin à côté de lui.

Ella assise, ils gardent quelque temps un silence religieux.

– Ta mère était l'un des membres les plus assidus de notre congrégation. Peu importait la longueur de ses journées de travail à l'hôpital, elle venait toujours. Certains dimanches, elle n'avait même pas le temps d'ôter sa blouse.

Ella imagine ces dimanches, Maman dans le métro qui vient directement du boulot, sans même prendre le temps de réveiller ses enfants, Kev avouant plus tard que Maman lui envoyait tout le temps des SMS pour qu'il garde l'œil sur sa sœur, qu'elle prenne le temps de se reposer – mais est-ce qu'elle a encore cassé quelque chose, est-ce qu'elle s'est cassée elle-même ?

– Elle avait même son propre groupe de lecture de la Bible.

Le pasteur rit sous cape.

– L'église est encore fréquentée ?

L'homme se balance d'avant en arrière sur son banc.

– Ce n'est pas comme avant. Les gens vieillissent, ou bien ils déménagent. Parmi les nouveaux, certains viennent mais peu s'attardent. Ces petits jeunes, ils n'ont pas l'air d'avoir vraiment besoin de ce qu'on pourrait leur offrir ici. Cela dit, il faut bien continuer. Et c'est ce qu'on fait, pas vrai ?

– Vraiment ?

Il y a de l'amertume dans la voix d'Ella. Beaucoup trop. Il la laisse retomber.

– Tu avais un frère, je ne me trompe pas ? Kevin ?

– Ouais. Il est en liberté conditionnelle.

Le pasteur hoche la tête ; il replace les éléments dans sa chronologie mentale.

– De temps en temps elle l'amenait ici. Elle lui faisait prendre des notes sur ce banc, là-bas. Sans doute pour qu'il évite de s'endormir, à défaut d'autre chose. Mais lui, il venait avec son cahier et ses lunettes et il notait tous les moments importants de mes sermons. Pour ne pas te mentir, ça me forçait à ne pas raconter de bêtises. Parfois, après la messe, je regardais son cahier. Il faisait des listes et des diagrammes. Elle savait comment il fonctionnait, ce gosse. Elle le poussait à essayer d'agencer tout ça (d'un geste de la main, il inclut l'humanité dans son ensemble). Ranger dans le même placard la grâce et les tourments. Elle se doutait sans doute que si cet enfant était musclé, c'était du cerveau.

Il se penche vers Ella et lui confie, dans un murmure de conspirateur :

– Mais c'est le cœur.

– Vous avez peur, pasteur ?

– Peur de quoi ?

– Peur qu'un jeune type qui nous hait rentre dans cette église et vous fasse sauter le caisson, à vous et à vos ouailles ?

Le pasteur se rassied sur son banc et lève les yeux vers le ciel.

– Que la volonté du Seigneur soit faite. Mais la foi, ce n'est pas uniquement de croire qu'il sait tout et qu'il peut tout, mais qu'en plus de cela sa bonté s'insinue en tout lieu. La foi, c'est croire que l'amour que nous lui inspirons organise l'univers.

Il la regarde.

– Ce que ce jeune blanc a fait ? Nous sommes nombreux encore à le porter en nous. Et je ne vais pas te dire que ça se résout par l'amour et le pardon. Ce n'est pas à moi de t'apprendre comment faire son deuil, mais…

– Stop.

Il cligne des yeux.

– Ça ne pourrait pas se produire ici ? Vraiment ?

– Je ne vois pas vraiment ce que tu…

– Pourquoi ce qui est arrivé à Charleston ne pourrait pas se produire ici ?

Le pasteur détourne le regard ; ses yeux se posent de nouveau sur l'autel, comme s'il en attendait une solution.

– Tout ce que nous pouvons faire, c'est le travail de Dieu. Je reconnais que prêcher l'amour sans chaînes, ça ne suffit pas. Qu'il faut aussi combattre la haine sans chaînes. Tu connais l'histoire de Sodome et Gomorrhe, bien sûr ?

– Oui.

– Eh bien, j'ai en moi cette impression sournoise qu'il y avait de fait dix justes, mais que leur vertu n'était pas ce dont nous avions besoin. Ça a toujours été le grand problème de l'église. Faire semblant qu'ici, ce n'est pas comme dehors. Pour beaucoup de monde, c'est une nécessité.

– Quand vous parlez de justes, ça veut dire des blancs ?

Il lui adresse un petit sourire.

– Ils ne sont pas tous si mauvais.

Puis il laisse échapper un gloussement.

– Ici, les gens ont besoin de se sentir en sécurité.

– Ça veut dire qu'il faut leur mentir ?

– Mon enfant, je ne mens pas à mes fidèles.

Le métal a raidi sa voix et le corps d'Ella chante en réponse.

– Nous n'atteindrons pas notre but en répondant à la haine par la haine.

Et c'est ce qu'elle voit dans son esprit. Dans le tourbillon des incendies, des hurlements et des émeutes, elle voit les rues bordées d'usines. Vibrantes de vie noire. Un homme en costume d'actuaire sortant de chez lui et saluant l'ouvrier qui habite la maison d'à côté. Sous les toits, les foules de médecins, d'avocats, d'ingénieurs, de gangsters, de nouveaux acquéreurs. Le pasteur, plus jeune, couvant du regard le bout de terrain sur lequel se dresse une bâtisse agrémentée d'une enseigne qui proclame : THE CHIT CHAT LOUNGE. Le pasteur coiffé d'un feutre à large bord, un étui à trompette sous le bras. Il rejoint le petit groupe sur le trottoir, passe devant la pharmacie, l'épicerie, la femme qui ouvre sa blanchisserie-nettoyage à sec. Puis le magasin de perruques pour le salon de beauté que fréquentaient les filles de la rue – pas les dames patronnesses, qui vivaient à quelques pâtés de maisons de là. Et dans les airs ce nom : Detroit. Avant que les flammes ne détruisent tout.

– J'essaie seulement de nous faire survivre, au jour le jour.

Il serre les dents.

– Regarde dehors. Il n'y a plus de trafic au coin de la rue. Je suis incapable de te dire à quand remontent les derniers coups de feu. Mes fidèles peuvent aller en paix.

– Quand il n'y a pas de couvre-feu. Pasteur, ce n'est pas la paix. C'est l'ordre.

Du regard, il la questionne.

– Et pourquoi y renoncerions-nous ?

Ella se lève. Quelle que soit sa quête, ce n'est pas ici qu'elle aboutira.

– J'étais gamine quand ils ont libéré O. J. Tout le monde savait qu'il était coupable. Tout. Le. Monde. Ce n'est que bien plus tard que j'ai compris ce que ça cachait.

Il fronce les sourcils, attend la suite.

– La raison, c'est la même que pour le droit au logement de 68. La même que pour les droits civiques de 64.

– Mon enfant, qu'est-ce que tu sais sur 64 ? Tu n'étais même pas née !

Elle élève la voix.

– Vous, vous étiez déjà là, pasteur ! Vous devriez comprendre. Vous étiez à Detroit pendant les émeutes.

Puis elle retrouve son calme.

– Pasteur, ils ont libéré les esclaves un pistolet sur la tempe.

D'une voix encore plus douce :

– Kev, mon frère. Il est né à L.A. pendant les émeutes de 92. J'étais coincée à l'hôpital avec Maman quand elles ont commencé. Lorsque nous sommes sorties, tout avait été détruit mais j'avais un petit frère.

– Ce n'est pas la violence qui t'a donné ton frère.

Ella serre les mâchoires. Mais ce n'est pas cette église qu'elle veut châtier, se rappelle-t-elle.

– C'est la violence qui le reprendra, pasteur.

Quand elle ferme les yeux, paupières serrées, elle voit Maman dans ses derniers instants, ombre de ce qu'elle a été. Et c'est une grande partie de l'entièreté de Maman qu'elle ressent en elle : son histoire, son amour, son amertume. Traînant en voiture avec des amis par un languide été du Mississippi, nettoyant les taches de sang sur un carrelage d'hôpital, priant avec Ella, pour Ella, sur un trottoir de South Central. Tout cela qui n'est plus. Et tout ce qu'Ella a jamais pu faire, c'est regarder. Ce pasteur ne l'a pas sauvée. Ella ne l'a pas sauvée. Elle n'en a pas été capable.

En sortant de l'église, elle se retient de pulvériser les portes.

Ce n'est pas avant d'être au-dehors qu'elle identifie sa quête. Sa quête de toutes ces années. Ce dont elle n'a plus besoin, comprend-elle.

La permission.

Je suis les sauterelles. Ella projette cette pensée devant

elle, vague violente qui vient frapper toutes les sphères de surveillance du quartier, tous les flics robotisés, tous les tanks antimines de la zone. Je suis les sauterelles, les grenouilles, les fleuves de sang.

Et maintenant je suis là.

Je fermais le bracelet de ma montre quand Ella surgit devant moi, souriante. Ses dreadlocks sont entièrement argentées, sans un seul cheveu noir ; elles flottent dans les airs autour de sa tête – on dirait presque une auréole.

Ella fait disparaître la pièce où je suis avant que je puisse dire non.

Du bruit. Beaucoup de bruit. Des échanges de cris, des voix qui donnent des ordres, un gémissement de douleur.

Je suis dans une salle d'attente.

Tout le monde est regroupé sous les écrans de télé. Je me retourne vers Ella.

– On est où ?

Mais à peine ai-je eu le temps de poser la question que j'aperçois l'image sur un des écrans, floue. Une foule en colère autour de quelqu'un. C'est une vue aérienne et je ne vois que des épaules, des crânes, le tout grouillant vers un point où ce quelqu'un à présent est couché, inerte.

– Ça sent la fumée ! hurle un nouveau venu qui s'est rué dans la salle d'attente.

Je me retourne. Sur une chaise est assise une fillette qui doit être ma sœur enfant. Elle ne tient pas en place. À côté d'elle, Maman, le ventre énorme, se balance d'avant en arrière, les yeux fermés tant elle a mal. Un homme bâti comme une armoire à glace, pantalon noir, bretelles, lui tient la main ou plutôt laisse Maman s'agripper à la sienne.

– Mais que quelqu'un éteigne cette fichue télé, hurle Maman.

Puis :

– Frère Harvey, je me laisserai pas découper en morceaux. Pas cette fois-ci. Seigneur, tout ce que je veux, c'est que le petit naisse.

Une infirmière devant elle se retourne sans cesse vers les portes des salles d'opération ; elle répète sans cesse « Ça va venir » comme un mantra. Comme si elle ne se souvenait plus que de ces trois mots.

– Ella, est-ce que...

Je ne finis pas ma phrase.

Ella s'avance vers le petit groupe dans la salle d'attente et je la suis ; soudain nous sommes dehors ; le chaos me gifle en haute définition. Une Cadillac grise fonce vers le croisement de Florence Street et de Normandy Street, dans le crépuscule, mais j'ai déjà vu cet endroit. Vu, senti. Je suis déjà venu. La Cadillac s'arrête. Le conducteur ôte le cran de sûreté de son arme et descend en vitesse. L'autre passager, une femme, en fait autant et court avec l'homme vers une rangée de magasins livrés au pillage.

Les pales des hélicoptères qui fouettent les airs. Les rues et les trottoirs balayés par les faisceaux des projecteurs.

Un semi-remorque ralentit et s'arrête au croisement ; par la vitre baissée un air de country lentement s'échappe, vaguement perceptible dans le vacarme de l'émeute ; puis un groupe d'émeutiers se détache de la foule, arrache la portière et extrait le chauffeur de son habitacle. Des pierres, des morceaux de béton défoncent le pare-brise. Quelqu'un fonce vers le camion, donne un coup de marteau ; le routier s'affaisse.

Ella marche d'un pas majestueux. Je n'arrive pas à détourner les yeux de la bagarre, de la destruction, des blessures. Je la perds puis me rue vers l'endroit où elle a disparu.

Les gens font passer de main en main une bouteille de Olde English 800 en chantant un rap de NWA ; certains y faisant entrer en les déformant des mots qui viennent des negro spirituals. Il n'y a pas de policiers en vue.

Un autre essaim autour d'une voiture isolée. J'approche au moment même où une Coréenne en est extirpée par les cheveux. Le ululement des sirènes de police s'élève tandis que la bagnole de flics freine, tous pneus grinçants. Deux agents sortent d'un bond, flingue à la main ; la foule hésite ; bientôt pierres et briques pleuvent en arc de cercle sur les deux hommes. Qui disparaissent.

Quelqu'un ramasse une bouteille de Olde English presque vide oubliée dans la voiture, plie un numéro de *Vibe* en huit, l'allume et le lance vers une supérette. Des gamins sur des vélos volés manquent de m'écraser. Un peu plus loin dans la rue, des types, visages masqués par des bandanas rouges et bleus, attaquent la vitrine d'un magasin de prêt sur gages à coups de barres de fer ; un groupe s'y engouffre et ressort trente secondes plus tard, scintillant de bijoux et brandissant les armes qu'ils ont récupérées dans l'arrière-boutique.

Une femme me dépasse, vacillant sous le poids de paquets géants de PQ, des sacs pleins de chaussures de gosses à chaque main.

La suivant, me voilà de retour dans la salle d'attente de l'hôpital. Maman hurle un truc incompréhensible d'une voix rageuse pendant que les infirmières courent dans tous les sens autour d'elle. Un médecin lui fait perdre les eaux mais rien d'autre ne vient. Puis, avec l'aide d'une infirmière, il la met sous ocytocine. Je guette les contractions sur son visage, qu'elles déforment : c'est comme si ses traits s'enfonçaient dans sa peau, sous l'effet de la douleur. Jamais je ne l'ai entendue hurler de cette manière.

Le médecin regarde alternativement Maman et l'écran où

je devrais apparaître puis il secoue les mains et s'empare de ce qui ressemble à une paire de cuillers articulées ; il les enfonce dans Maman, sous le peignoir. Il tâtonne un moment avant d'abandonner la partie. Je n'ai toujours pas bougé sur l'écran.

J'ai perdu Ella et lorsque je me précipite vers la porte, je me retrouve en sortant au croisement de Martin Luther King Boulevard et de Vermont Avenue. En surplomb, les hommes de la Garde nationale sur les toits, avec leurs M16 braqués sur la foule ; les pillards frôlent les murs. Il est tard dans l'après-midi et ce n'est pas possible, je dois rêver, si le temps avance à une telle vitesse et Maman où est Maman ?

Dans des zones désertées de la ville où l'émeute s'est calmée, des taxis attendent, compteur allumé, que leurs passagers reviennent, les bras chargés de magnétoscopes.

La fumée s'élève en colonnes au-dessus de la ville. Au pas de course je dépasse des voitures de police renversées, des barrages. Il faut que je revienne auprès de Maman. Le temps court aussi vite que moi et lorsque je cligne des yeux et m'arrête enfin, le Centelina Hospital surgit devant moi. La nuit est tombée. Une voix à la sonorité officielle annonce un couvre-feu au mégaphone. Les sirènes gémissent tandis qu'entrent et sortent les ambulances, par l'entrée principale. Ceux qui ont marché, affaiblis par les blessures, armes à feu, armes blanches, les coups de chaleur, les bastons, ou épuisés parce qu'ils ont tout perdu : tous se dirigent vacillants vers les portes de l'hôpital.

Loin derrière moi, une voiture s'arrête. Une deux-portes. Un homme avec des dreadlocks en sort. Visage sombre, anguleux. Quelques os de son corps déformés par le souvenir d'un passage à tabac. Il regarde la ville, me lance un regard dans lequel luit l'épouvante. Et… la culpabilité.

Ce visage, je ne connais que lui – et quand enfin je le reconnais, je manque tomber à la renverse. Il me dévisage.

– Est-ce de ma faute ?

Les lèvres de Rodney King prononcent la question, silencieusement ; il regarde la foule entrer à flots dans l'hôpital. Puis, sortant de sa transe, il remonte dans sa voiture et s'en va.

Maman.

Je me fraie un chemin entre des gens qui ne font pas attention à moi ; la salle d'attente est pleine à craquer. Le sang forme des flaques rouges sur le linoléum. Je pousse furieux une autre porte à double battant en hurlant « Maman ! Maman ! » cherchant dans chaque chambre Maman, Ella, moi. Rien pour le moment. Un escalier que je monte quatre à quatre et c'est au premier que je les trouve, que j'aperçois par le hublot de la porte Maman dans sa chemise de nuit d'hôpital, transpirant à grosses gouttes dans ses draps d'hôpital pendant que l'enfant-Ella contemple, curieuse, le nouveau bébé qui gigote dans les bras de Maman. Le visage de Maman est détendu. C'est la tête qu'elle avait quand je la surprenais à nous épier, Ella et moi, lorsqu'on jouait dans l'appartement trop petit de Harlem. Plus de tension, lessivé. Libéré.

– Et c'est ainsi que tu es né, dit Ella à mon côté.

– Pourquoi me montrer ça ?

Quelque chose a cédé au fond de mon corps. Je me sens glisser puis atterrir avec un bruit sourd sur mon lit. Ella se penche vers moi.

– C'est ce qui t'a fait ce que tu es.

– Ella, je t'en supplie, arrête.

Je me suis pris la tête à deux mains. Mes tempes palpitent. Mon bras est en feu.

– Ella, je t'en prie, arrête ça.

– Ça n'arrêtera jamais.

Et bien qu'elle soit juste devant moi, sa voix semble venir de loin, de très loin. J'ai l'impression que si je lève les yeux sur elle, je ne reconnaîtrai pas son visage. Qu'est-ce qui l'a changée ?

– Ça. Ça va recommencer. Une fois, deux fois, toujours. C'est déjà le cas.

Je hurle :

– Qu'est-ce que tu veux que je fasse ?

Dans le silence qui suit, je halète. Transpire. Tremble de tous mes membres. Sans pouvoir m'arrêter. Ce qui a cédé continue de s'écrouler et il faut que je le répare. Je sais que je dois le réparer. Je fais de mon mieux, mais c'est comme si je me trouvais l'épaule contre la fragile porte-moustiquaire, pour empêcher les flots d'entrer. Mon corps s'arc-boute. Je sais ce qu'elle veut. Je sais ce qu'elle veut mais je ne peux pas le lui donner. Je ne le lui donnerai pas.

– Ella, lui dis-je, les dents serrées. Je ne peux plus me permettre d'avoir de la colère en moi. Je ne peux pas. Je n'ai pas assez d'énergie pour garder une telle rage.

Ella s'agenouille et nous voilà face à face.

– As-tu jamais cessé d'être en colère, Kev ?

La voix est douce mais elle a la sévérité de celle de Maman.

– Mais ma vie, Ella.

Et elle sait sans que j'aie à le préciser que je veux parler de mon travail, de ma maison. Et du fait que je n'ai plus le dos en feu à force de tension, de déambulations dans les allées de Rikers à anticiper les attaques, les blessures. Et du fait que je n'ai pas vu un seul blanc depuis que je suis ici.

– Loin des yeux loin de la haine. Ne me ramène pas dehors.

– Kev, le dehors, il n'est pas seulement « dehors ». Il est ici, aussi.

Alors elle me montre ces pièces de métal que Miguel, Royce, Marlon, Mero et moi avons travaillées, que nous avons courbées, construites. Me fait voir que ces éléments ne sont pas seulement destinés à des ouvriers mutilés mais qu'ils vont augmenter les corps des flics du dehors, pour améliorer leurs réflexes, pour les faire passer au stade supérieur. Que ces pièces difformes que nous forgeons servent de boucliers à leurs os, qu'on les leur insère sous la peau pour qu'aucune balle ne puisse les tuer. Nous construisons les tourelles qui surveillent nos coins de rue. Notre travail sert à rendre la police invincible.

– Tu n'as jamais été libre.

Mon pouce est en feu. Ella m'enveloppe de ce regard plein de douleur et de chagrin et sous ses yeux je me tiens la main et m'efforce de supporter la douleur. Je ferme les yeux et je serre les dents pour résister aux aiguilles chauffées à blanc qui me transpercent le moindre millimètre de peau du pouce, sur cette puce de merde, et ça fait de plus en plus mal, de plus en plus mal, j'en perds la vue, le monde devient complètement blanc, puis ça s'arrête.

Le sang a giclé en arc de cercle et il est retombé sur le mur qu'il traverse d'un filet. Mon pouce est ouvert. Et là, sur la moquette, sous mes yeux, derrière le fantôme d'Ella, la puce luit, bleue, dans une quasi-obscurité.

– Tu l'as enlevée, je halète.

– Non, c'est toi, répond-elle en souriant.

Je devrais trembler de peur, me dit mon instinct. C'est comme si j'avais arraché mon bracelet électronique. Ils ne peuvent plus surveiller mes flux sanguins, mes cycles de sommeil ; ils ne peuvent plus injecter d'obéissance dans mes veines quand la colère monte, ne peuvent plus me donner les heures de couvre-feu, me payer mon salaire, me faire entrer chez moi, me voir…

Elle m'effleure ; j'ai quelque chose dans les bras qui pèse un peu. Tiède. Et qui sent le lait. Un bébé.

Ella me montre. Les médecins qui considéraient Maman, cette femme dont ils étaient censés prendre soin, avec un tel mépris. Un tel dégoût. Lui faire prendre le mauvais médicament. Ne pas se soucier de son sort, qu'elle vive ou qu'elle meure. Pareil pour son enfant. Notre sœur.

Ella la regarde.

– Cette enfant aurait pu connaître le monde. Mais ils ont tué notre sœur avant même qu'elle puisse avoir l'occasion d'y respirer.

Le poids disparaît. Je ne peux plus bouger.

– Je ne veux pas… Je veux juste rentrer chez moi.

– Tu n'as pas de chez-toi, dit-elle d'une voix douce. Maman a prié pour que nous survenions. Dieu est amour, mais il est également l'architecte de notre vengeance. Il nous libère de nos liens en Égypte. Mais c'est lui qui provoque les nuées de sauterelles, les grenouilles, les fleuves de sang.

C'est ce que j'ai voulu, tout ce temps. C'était resté dans un coin de mon esprit. Tout gamin dans ces salles d'interrogatoire, un peu plus vieux à Rikers. Puis ça me passe à force de coups et j'en viens à penser que nous sommes trop petits pour ça, Ella est trop petite pour ça, pour la destruction totale.

C'est ça, donc, qu'elle a fait, quand elle est partie ?

– Kev, je vois l'avenir, chuchote-t-elle.

J'inspire profondément. Et réponds, contre tout instinct :

– Montre-moi.

Elle pose la main sur mon crâne, peau contre peau.

Feu, sang, chants, cris. Éclats de marbre jonchant les parcs. Monuments commémorant les Confédérés réduits en poussière. Commissariats qui ne sont plus que coques vides, miradors désertés et crépitant de rouille. Villes, villes entières s'élevant vers les cieux. Tant de morts, mais il y a de la joie dans tout cela.

Le Sud balayé par l'Apocalypse. Le Nord traversé par la vengeance.

Quand elle s'écarte, je tremble.

– Maintenant, toi aussi, tu vois, me dit-elle.

Elle tend la main et je m'ébroue, revenu au présent.

– Dis-moi ce que tu vois, me glisse-t-elle à l'oreille.

Je vois l'Après.

Prairies, collines ondulantes, verdure à perte de vue, sauf lorsque les flammes sortent du sol, qu'apparaissent les cratères et que les nouveaux agents du gouvernement frappent aux portes pour expulser les blancs devenus pauvres, condamner les maisons, racheter les terres. Le premier de ces incendies orange, blanc, rouge, le jour où la décharge du coin explose, est pour eux le début de la fin. Zébrures, les doigts presque bleus alors que l'anthracite souterrain ne cesse de s'approcher de la surface, que l'asphalte est brûlant au toucher. L'air rance, tout le monde qui tousse, tousse sans cesse. Un jour, une maison se vide, d'abord de ses meubles puis de ses habitants ; un grand trait de peinture rouge balafre la porte d'entrée : la maison est condamnée. De la colline, la ville n'est plus qu'une bouche avec quelques chicots. Ils sentiront notre présence dans le moindre recoin du pays.

C'est alors, et alors seulement, que nous décontaminerons ces arpents de terre, que nous nettoierons l'air de ses radiations. Grâce à notre Don. Les rejetterons dans l'espace. Préparerons la terre pour les nôtres.

– Qu'est-ce que tu vois ? me demande-t-elle.

Tant de choses. Ça se mélange dans mon esprit mais Ella et moi, nous sommes au cœur brûlé de tout.

– La liberté, lui dis-je. Je vois la liberté.

Remerciements

Ce roman, comme le personnage que désigne son titre, est né dans les flammes. À l'origine tourbillon de mots sans chair, de sentiments et de personnages à peine esquissés, l'histoire d'Ella et de Kev a commencé à prendre corps lorsque, vivant à Paris, j'ai appris que les policiers qui avaient tué Michael Brown et Eric Garner ne seraient pas inculpés. Après que les circonstances de la mort de Laquan McDonald ont été révélées au public, j'ai commencé à entendre les voix de Kev et d'Ella. Chaque nouvelle, horrible et si récurrente mort – à la suite d'une confrontation avec la police, ou survenue en garde à vue ou en détention provisoire – a rendu plus clair mon récit. Car tandis que je pleurais ces morts, je songeais aux familles en deuil, à la manière dont l'onde de souffrance au centre de laquelle se trouvait chacune de ces tragédies se propageait de manière presque inimaginable. Dans un genre narratif qui fait trafic d'impossible, comment ces gens, ces familles, pouvaient-ils se retrouver, me suis-je demandé.

Et à quoi pouvait ressembler le contraire de l'injustice ?

Mon éditrice chez Tor. Com Publishing, la téméraire et sans pareille Ruoxi Chen, m'a aidé à transformer mes interrogations et mes certitudes en ce roman. Elle a été sa plus fervente avocate et m'a lancé des défis inouïs, pour me permettre d'écrire ma voie dans une narration dont je me suis dit parfois que je n'étais pas capable de la mener à bien. Elle a vu dès le début le roman, bien mieux que moi. Si je disais que travailler avec elle a été un bonheur, je me rendrais coupable d'un euphémisme criminel. Nos Google Chats resteront à jamais pour moi parmi les conversations les plus longues et les plus chères à mon cœur que j'aie eu le plaisir et le privilège de partager.

Je dois remercier mon agent, Noah Ballard, qui m'a aidé à garder la tête froide et à me concentrer et qui m'a encouragé sans répit.

Et j'exprime à Irene Gallo et à Christine Folzer mon éternelle gratitude : c'est à elles que l'on doit la conception de la couverture du livre, que je ne peux toujours pas regarder sans avoir le souffle coupé. Jiya Miceli nous a offert une des œuvres d'art les plus merveilleuses qui soient à mes yeux. D'avoir pu ajouter mon nom à ce chef-d'œuvre fait de moi le plus heureux des auteurs.

Ma famille, bien sûr. Qui n'a jamais cessé de croire en ce chemin que j'ai voulu prendre et où je n'ai glané ni doctorat ni diplôme d'ingénieur : de cela, je vous remercie du fond du cœur.

Et je dois enfin remercier N. K. Jemisin. Avant d'avoir lu sa trilogie de la Terre fracturée, je ne savais pas comment écrire la colère – la colère qui laisse encore un peu de place à l'amour. Elle a ouvert une porte. Le lecteur que je suis lui en est éternellement reconnaissant.

De même l'écrivain.

DEUXIÈME PARTIE
LES ARTICLES

« Je ne vois pas mention dans votre déposition du fait que vous êtes noir. »
On ne peut pas construire un monde sans parler des races.

J'étais à la barre pour témoigner et l'avocat de la partie adverse portait une cravate rouge. Et un veston soit noir, soit d'un bleu assez sombre pour paraître noir. Pantalon assorti ou kaki. Ces détails sont un peu flous dans mon souvenir ; je me souviens de la quintessence de ce tout jeune homme plutôt que de ses spécificités. Mais il était blanc et sa cravate était rouge. Et trop longue.

À ma droite, il y avait une fenêtre. Le soleil de ce début d'après-midi dorait les pupitres derrière lesquels étaient installés des clones du garçon. Mes avocats se trouvaient de l'autre côté de la salle.

« Je ne vois pas mention dans votre déposition du fait que vous êtes noir. »

Le silence était si profond qu'on aurait presque pu entendre le frémissement des grains de poussière dorée dans les rayons du soleil. Le juge me dévisageait, j'en étais bien conscient. Un Blanc, lui aussi. Visage ridé, glabre. Je ne me rappelle pas la manière dont il était habillé, mais dans une des versions de mon souvenir, son visage est de marbre. Dans une autre, il a un petit sourire en coin.

Je dévisage le gamin à la cravate rouge et c'est la première fois depuis le début de ce procès – soit quelques mois déjà – que je ne sais que dire. Je connais le dossier comme ma poche. J'ai lu un nombre de fois incalculable toutes les lois et tous les règlements invoqués. Je suis bavard, au point que les juges doivent souvent me couper la parole avec un « Contentez-vous de répondre à la question » à demi sévère. Mais le fait est que ma langue est à présent sous l'emprise d'un félin du Cheshire. Oui : le chat me l'a arrachée, l'a enfermée dans une cassette et l'a enterrée dans la cour. C'est une péripétie inattendue. Nous nous étions préparés à tout. Notre preuve principale était aussi solide que le manteau de roche volcanique qui a recouvert Pompéi après le titanesque renvoi du Vésuve. Nous avons bâti tout un monde dans cette brèche trouvée dans le dossier et me voilà qui regarde bouche bée ce gamin avec sa cravate trop longue et son début de sourire sans pouvoir répondre à sa question.

Car je m'appelle Drew Walton et je suis noir. Le premier de ces points apparaît dans la déposition, qui ne dit rien du second.

Il faut sans doute un peu de contexte.

Le procès oppose Drew Walton à Blitz News Network. Vous connaissez déjà Walton (c'est moi). Et si vous croisiez Kit Berkshire dans la rue – c'est le patron de Blitz News Network – vous le reconnaîtriez sans doute. Magnat de la presse. Propriétaire d'une chaîne de télé. Plus Roger Ailes que Logan Roy. La main peut-être moins baladeuse qu'Ailes, mais je ne vais pas non plus lancer des fleurs à ce salopard, car je le poursuis en justice.

En voici la raison :

En 2005, je rends publique ma décision d'honorer la tradition familiale et de me présenter à l'élection au poste de gouverneur du Midlands (vous ne connaissez pas cet

État ? C'est normal). Mon grand-père, David Walton, l'a été dans le temps et on pourrait graver sur les tombes de tous les Walton de notre lignée ces deux mots : Service public. Me concernant, c'est l'expression « Chouchou des médias » qu'on a pu entendre sur tous les tons à cette époque. La campagne se passe comme sur des roulettes. C'est une joie sans pareille que celle que vous donne l'assurance de la victoire. J'en suis même à ressentir de la commisération pour Neal McGivern, le gouverneur en place.

On appuie sur la touche avance rapide pour se retrouver en septembre 2006. Les électeurs se prononcent dans quelques semaines. Un débat est prévu. Un seul thème : le contrôle des armes à feu.

McGivern ayant jeté l'éponge, je me retrouve face à un professeur d'université de l'État, un certain Lane Hamilton. Oh, la volée de bois vert que ce malheureux se prend devant les caméras...

Après le débat, sur le parking du Midlands Civic Center, Hamilton s'avance vers moi, histoire de poursuivre la confrontation, et perd complètement les pédales. J'ai mon Beretta 92 sur moi, en cas de besoin (détail important, je suis détenteur d'un permis d'arme cachée et suis sans doute le défenseur du Deuxième amendement le plus scrupuleux de la planète). Quoi qu'il en soit, Hamilton m'aborde, des coups de feu sont tirés et voici le professeur à terre, saignant abondamment d'une blessure à la tête.

Moins d'une heure plus tard, Blitz TV exhibe ma bobine dans son flash d'info : j'ai tiré sur le prof et je l'ai tué, annoncent-ils. L'un de leurs journalistes, Reagan Thomas, va même jusqu'à prétendre à l'antenne que « tout donne à penser que Drew Walton a tiré sur Lane Hamilton ». Et que « selon nos informations, Walton sera prochainement inculpé de meurtre ». Ces mots sont restés gravés dans mon esprit. Aucune autre chaîne n'est assez téméraire pour se permettre de telles accusations avant d'avoir le moindre élément de preuve. Seule Blitz s'y risque. Ce qui ne devrait pas me surprendre. L'irresponsabilité est leur marque de fabrique.

Le lendemain, la police fait part des conclusions de son enquête sur le tragique décès du Pr Hamilton : suicide. BNN se fend d'une rectification.

Qui n'a aucun impact. Je chute dans les sondages. Et perds l'élection.

Car BNN m'a accusé à tort, a ruiné ma réputation et s'est rendue coupable dans ses émissions d'une méconnaissance pour le moins imprudente des faits (certains diront d'une volonté de nuire).

Je les traîne donc en justice.

Avant d'être Drew Walton, je suis Tochi. J'ai fait un peu de théâtre à l'université – à mes débuts, j'ai interprété Doaker, le patriarche cinquantenaire de la famille Charles dans *La Leçon de piano* d'August Wilson, avant d'endosser le rôle prestigieux de Robert, le cocu manipulateur et si acerbement britannique des *Trahisons* de Harold Pinter. Je savais que mes pas me dirigeraient vers des études de droit (plus une prophétie à cette époque qu'une réelle opportunité). Si bien que lorsqu'une fille pour laquelle j'avais le béguin m'a proposé de faire partie des Faux Procès de Yale, la voix de la Molly Bloom de Joyce a résonné en moi : « Et oui j'ai dit oui je veux bien Oui. »

La saison 2008-2009 dégage un parfum enivrant – Premier Président Noir. Tout-est-Possible. Eau d'Au-Diable-Les-Règles.

À Yale comme dans toutes les universités de la Ivy League, on est assez imbu de soi-même pour chérir la moindre ligne de son CV. Cela dit, les Faux Procès n'étaient pour moi guère plus qu'une forme de théâtre interprété par des gens que le jeu d'acteur n'intéresse pas. Les facultés montent des troupes, poignées d'étudiants chaperonnés par un condisciple plus âgé, un professeur ou, dans notre cas, un étudiant en droit. À chaque début de saison, l'American Mock Trial Association fournit aux troupes une nouvelle affaire. Qui se déroule, comme toutes les autres, dans l'État imaginaire du Midlands, lequel a une géographie, une configuration politique, des pathologies et des monuments bien particuliers. Et une blancheur de lys du Midwest on ne peut plus singulière et spécifique. Sont ainsi interprétés des procès pour meurtre, des plaintes en droit constitutionnel. On a même eu un enlèvement. Sur le papier, c'est passionnant – le drame des relations humaines dans leur paroxysme. Mais confiés aux mains blafardes d'étudiants trop ambitieux, ces exercices laissent un goût de cendres. Les Faux Procès des facultés ne s'intéressent pas au drame. Tout ce qui compte, c'est le règlement. L'argumentation. La voix la plus stridente. Et la déférence la plus respectueuse due à La Tradition™.

Avec les détails de l'affaire nous sont fournis les textes de loi de l'État du Midlands et les dépositions émanant des témoins que les parties peuvent appeler à la barre.

En général, les membres de chaque équipe se répartissent les rôles, les avocats d'un côté, les témoins de l'autre ; les avocats défendent leur affaire devant les juges et les témoins (dûment dirigés) interprètent le rôle qui leur est dicté par leur déposition. Les témoins sont souvent considérés comme des avocats en herbe, comme si leur banc, pour ainsi dire, pouvait être un barreau. Le témoin doit donc rester sagement assis et réprimer le poison de l'envie qui le prend à la gorge chaque fois qu'un camarade d'équipe tente un tir en suspension sur un défenseur. Et c'est au box des témoins que les équipes des Faux Procès, comme je m'en suis vite rendu compte, assignaient régulièrement les étudiants de couleur.

Pour faciliter l'attribution des rôles, les dépositions et les détails des affaires jouées ne mentionnent jamais la race ; de même, les noms des personnes impliquées sont aussi épicènes que possible. Abondent les Ryan, les Bobbi, les Taylor. Et cependant, je peux compter sur les doigts d'une seule main les avocats de nos troupes qui ne se pliaient pas au modèle homme blanc hétéro.

La troupe des témoins tient souvent par ailleurs de la collection de stéréotypes. La blonde évanescente, la femme noire forte en gueule, l'homme de ménage noir un peu simplet, la brute épaisse, le ou la drogué(e) qui ne sortira jamais de son trailer park pourri. Rosencrantz et Guildenstern, moins 75 % de matière grise et 80 % d'humanité. En fait, la population du Midlands peut être classée en deux catégories très distinctes : celle des surhommes aryens au front perlé de transpiration, aux costumes mal ajustés et aux cravates trop longues – et celle des Nous-Autres. J'imagine sans trop de difficulté dans quelle catégorie se retrouvaient les étudiants noirs des équipes des Faux Procès entre 2000 et 2010.

Notre chef de troupe s'appelait Andrew.

Un vrai faisceau de contradictions, ce garçon. Une tignasse blond cendré qui lui retombait en mèches raides sur les yeux, de temps à autre – on aurait dit une clôture décrépite. Et une sorte de grondement dans une voix pourtant encore très juvénile. Il lui venait parfois ce genre de regard fixé sur un objet plus ou moins proche – tic assez répandu chez les policiers des séries TV lorsqu'ils rassemblent les pièces du puzzle après avoir examiné une flaque dans un parking ou entendu un témoin utiliser l'expression « tout l'bazar ». Dans ces moments suspendus, on pouvait comprendre ce que ce gars en pull à col camionneur un peu ringard faisait en deuxième année de droit à Yale.

Les Faux Procès sont nés dans l'Iowa – Andrew aussi mais, tel le prince las (ou son cousin) de tous les contes de fées, il avait jugé bon de se révolter contre son camp. Au cours de sa carrière de chef de troupe de Faux Procès, il s'était transformé en rebelle. En non-conformiste. Non que l'équipe de Yale se soit particulièrement distinguée au niveau national – nous n'étions ni l'université de Virginie ni celle de Furman. De ce fait, Andrew pouvait traiter son fief comme un bac à sable plutôt que comme un camp militaire pour jeunes recrues.

Deux des ingrédients de la sensation à venir manifestaient déjà leur présence : un programme médiocre et, pour le piloter, un frondeur avéré dans un système qui s'enorgueillissait de sa stricte adhésion à l'architecture du règlement. Et c'est là que j'interviens : Tochi, le petit jeune qui assure sur les planches.

Quand j'ai rejoint la troupe des Faux Procès, elle finissait tout juste l'affaire précédente. Je m'étais plongé avec gourmandise dans les rôles de témoin. Andrew, dès le début, avait attiré notre attention sur un point qui semblait avoir échappé à la plupart des équipes du pays. Ce n'étaient pas des personnages que nous interprétions. Nous étions nous. Ou plutôt, pour le dire autrement, nous étions eux. Nous étions eux. Nous ne nous contentions pas d'ânonner les déclarations de nos dépositions, nous nous attribuions des accents, des mimiques, des histoires, des rêves, des objectifs, des craintes, des désirs, des vies.

Le journaliste qui est témoin de ce qu'il croit être un crime n'est pas seulement un personnage qui témoigne à la barre. C'est un détective, un dur à cuire qui consacre plus de temps qu'il n'est raisonnable à une enquête qui l'épuise psychologiquement – mais c'est sa vie, c'est comme ça : et s'il s'exprime comme un personnage de Dashiell Hammett, où est le problème ? L'éducateur blessé par un adulte qui s'oppose à une procédure d'éloignement de mineur n'est pas seulement un témoin à charge. Il n'est pas là seulement pour gagner la manche et faire accéder l'équipe aux demi-finales. C'est quelqu'un qui a eu de la compassion pour l'accusé, qui a essayé de lui venir en aide et dont le cœur se brise lorsque l'accusé perd pied. Nous possédions apparemment quelque chose qui manquait à la plupart des autres équipes, aussi nécessaire que cela puisse paraître : l'imagination psychologique.

Nous avons fait des miracles avec ces dépositions.

Lorsque Walton contre Blitz News Networks a atterri dans la boîte mail d'Andrew, nous étions impatients de voir ce qu'il avait en boutique. Impatients, mais pas vraiment prêts.

Il nous a réunis pour une séance de travail un samedi après-midi et nous a longuement jaugés. Avec une lueur dangereuse dans le regard. Cette lueur qui proclame : je vais monter une équipe !

Le candidat malheureux à une élection de gouverneur attaque en justice une chaîne de télé : il soupçonne le président de ladite chaîne d'entretenir une vendetta contre sa famille. Résumé de l'affaire.

Andrew décide de me confier le rôle de Drew Walton, politicien en herbe, héritier de la puissante famille Walton.

Et dans son scénario, je suis noir.

Notre preuve principale : le président de chaîne qui veut me traîner dans la boue est un raciste.

Nous avons défoncé la baraque.

Au début, l'équipe était chargée d'incarner le camp de la défense. Nos arguments étaient plus que convenables et nos interprétations (avocats et témoins) suffisamment convaincantes pour nous faire franchir les différentes étapes de la compétition. Mais lorsque nous avons hérité des rôles de l'accusation – moi, notamment, de celui de Drew Walton –, nous sommes devenus invincibles.

Drew Walton, d'après les instructions : candidat conservateur au poste de gouverneur, petit-fils de l'illustre gouverneur Walton, défenseur du Second amendement, irascible, ne dédaignant pas les altercations avec les paparazzi.

Drew Walton dans notre optique : Barack Obama de seconde zone, chouchou des médias doté d'un sourire à la JFK, d'un intellect affûté et d'une carnation qui en fait une cible.

Drew Walton, d'après les instructions : blanc.

Drew Walton, dans notre optique : noir.

Le génie de notre preuve principale tenait dans le fait que la couleur de peau de Walton jouait un rôle dans l'affaire. Ce n'était pas un détail sans importance, mais le pivot du monde que nous avions élaboré. Drew Walton était noir : c'était l'événement le plus excitant dans l'histoire du Midlands depuis des lustres.

Les autres équipes étaient sidérées. À chaque étape du championnat, nos oreilles étaient charmées par ce même froissement révélateur : celui des notes, des dépositions, des règlements que l'avocat de la partie adverse feuillette fébrilement pour y trouver l'argument à présenter au juge : Votre Honneur, ces gens-là ne respectent pas les règles !

Cette année-là, nous nous sommes qualifiés pour le championnat national. Certes, nous n'avons pas remporté la finale, mais nous avons récolté une belle moisson de prix pour les rôles de témoins. Une victoire à la Pyrrhus, cependant. L'année suivante, après notre glorieux parcours, l'American Mock Trial Association a modifié le règlement.

Il est désormais interdit de faire mention de la race des personnes concernées dans la preuve principale.

Ce n'étaient pas les règles que nous avions pulvérisées.

C'était le jeu lui-même.

Dans le domaine de la fiction spéculative, l'implicite est l'explicite.

Les récits de premier contact sont des redites de la colonisation. « L'effondrement de la planète entraînera un effondrement de notre civilisation », nous répète à satiété le sous-genre Terre mourante. Pendant l'essentiel de son existence (ou plutôt, de ses existences), le professeur Xavier s'est efforcé de réaliser son « rêve » d'une coexistence entre humains et mutants – afin que les petites filles et les petits garçons mutants puissent vivre enfin en toute fraternité et toute sororité avec les petites filles et les petits garçons humains. L'île de Genosha n'est autre que l'Afrique du Sud à l'époque de l'apartheid. Les Elfes d'un blanc d'albâtre sont les courageux habitants de la Terre du Milieu et les ténébreux Orcs des ennemis interchangeables et bestiaux.

Lorsque la Première Guerre mondiale éclate, Tolkien choisit de ne pas s'engager immédiatement ; il deviendra sous-lieutenant après s'être procuré sans grand enthousiasme une commission d'officier. Les lettres écrites à son fils Michael révèlent un état d'esprit profondément opposé à la guerre, à la manière dont elle transforme un homme – dont elle transforme *les* hommes. Extrait : « Nous étions censés avoir atteint un niveau de la civilisation auquel il était encore possible d'exécuter un criminel, sans toutefois s'en réjouir ni pendre à son côté sa femme et son enfant sous les acclamations de la foule-orc. La destruction de l'Allemagne, soit-elle cent fois méritée, est une catastrophe mondiale des plus effroyables. » Tolkien condamne les théories raciales des nazis, outré par la manière dont la culture des anciens peuples nordiques a été dévoyée par la machine nazie. Il écrit, toujours à son fils Michael : « De toute façon, j'ai dans cette guerre une rancune personnelle et féroce (...) à l'encontre de cet horrible petit rustre d'Adolf Hitler (...) Il a détruit, souillé, perverti et damné pour l'éternité ce noble esprit du nord que je chéris depuis toujours et que j'ai essayé de présenter dans sa véritable nature. Incidemment, il n'est nulle part en ce monde plus noble qu'en Angleterre, première terre à l'avoir sanctifié et christianisé. »

Si nous devons faire des intentions d'un auteur les seuls arbitres du sens et de l'interprétation de son œuvre, nous en déduirons que Tolkien s'est donné beaucoup de peine pour qu'on ne puisse lire ses écrits d'une façon qui puisse étayer, serait-ce de la plus sournoise ou tacite manière, le moindre racialisme. Ne voyez pas ici de critique des races, ni même des cultures dissemblables, semble souligner ce paratexte. Ceci n'est pas un livre raciste. Il est inexact de percevoir au cours du récit le moindre paternalisme dans la voix du narrateur, le moindre reflet d'une fracture entre classe moyenne et ouvriers dans l'Angleterre de l'entre-deux-guerres. Dans une préface à la deuxième édition du *Seigneur des anneaux*, Tolkien va même jusqu'à déclarer qu'il « déteste l'allégorie sous toutes ses formes ». Répondant aux critiques qui lisent entre les lignes de la trilogie une approbation de cette guerre raciale pour laquelle Tolkien n'avait qu'aversion, ses zélateurs brandissent des liasses de lettres en proclamant que l'auteur n'est pas mort, qu'il a survécu, qu'il est là, dans les preuves qu'ils présentent.

Chœur assourdissant – presque assez pour noyer les réflexions du petit garçon noir qui, après avoir lu le *Grendel* de John Gardner sans comprendre pourquoi il s'est si puissamment identifié au monstre, se replonge dans le livre et sait d'instinct qui, dans le monde de cet auteur d'origine sud-africaine, est implicitement considéré comme gentil et qui ne l'est pas, qui est implicitement considéré comme blanc et qui ne l'est pas.

Ce petit garçon noir, plus grand, lit *Le Problème à trois*

corps de Liu Cixin : roman sidérant, mais où sont passés tous les Africains ? se demande-t-il.

Dans le domaine de la fiction spéculative, l'implicite est l'explicite.

En tendant l'oreille, vous entendrez, au-delà des discussions portant sur l'intentionnalité de l'auteur, une nuance de justification. Si vous saviez pour qui l'auteur a voté en 2016, vous ne pourriez certainement pas considérer comme misogyne la description qu'il donne de cette femme dans sa nouvelle. L'un des scénaristes est noir, comment cet épisode qui laisse filer quelques réflexions bien racistes sans même les relever pourrait-il être raciste en soi ? Il s'est dressé contre le nazisme : il est donc profondément incorrect de donner une lecture racialiste de ses écrits. Les tweets, la correspondance privée, le parcours d'électeur, le comportement pendant les colloques, l'identité du conjoint : tout cela est mobilisé dans la guerre livrée contre l'œuvre de l'auteur, disposé au bas des remparts du château, prêt à faire reculer la horde des détracteurs. Il importe de savoir qui écrit, qui est l'auteur.

Tout aussi importante, l'identité de celui ou celle qui peut lire l'œuvre. Ici intervient Schrödinger. L'intentionnalité de l'auteur, cette idée que les intentions de l'auteur devaient déterminer toutes les interprétations d'un texte, limite les résultats de l'expérience à une réalité unique. Le chat est vivant. Le chat est toujours vivant. Lisez la correspondance de l'auteur, ses tweets, voyez avec qui il est sorti : tout cela signifie que le chat est vivant. Peu importe l'expérience que vous avez accumulée avant d'aller voir ce chat, peu importe la manière dont vous arpentez le monde, ou dont le monde vous force à l'arpenter, peu importent les raisons pour lesquelles vos études et votre vie vous poussent à reconnaître que ce que vous avez sous les yeux est un cadavre de chat. Le chat est vivant.

Mais quelle faillite que ce monde, s'il n'y a qu'une manière de lire un texte. Quelle faillite que ce monde si nous ne pouvons réfléchir un seul moment à la manière dont l'enfance de Tolkien (Bloemfontein, années 1890, avant la Seconde Guerre des Boers), sans relation directe à sa trilogie, pourrait avoir eu quelque impact sur ce garçon qui deviendra l'un des bâtisseurs de monde les plus illustres de Grande-Bretagne. Quelle faillite que ce monde si nous devons croire l'auteur sur parole lorsqu'il nous dit qu'il n'est nullement homophobe, et que sa description des Spartiates moquant les Grecs « amoureux des garçons » n'a rien d'une licence artistique ouvrant la petite porte à la détestation des homosexuels.

Quelle faillite que ce monde si nous pouvons lire un faisceau de faits concernant un jeune politicien dont la carrière est ruinée par un patron de presse sans y voir un captivant récit mêlant racisme et vengeance familiale. En bien des manières, un précurseur des événements à venir. Notre propre univers aperçu dans un miroir obscur.

On me demande souvent comment, écrivain noir, je me débrouille pour écrire L'Autre. La question résonne avec force dans les divers cénacles de la fiction littéraire ; cependant elle s'alourdit d'un poids certain lorsque nous autres, mammifères amateurs de modèles, nous gavons de récits bourrés d'androïdes, de céphalopodes envahisseurs, de dragons et de Redshirts et sommes sommés de nous retrouver dans ces récits. D'ailleurs Nisi Shawl et Cynthia Ward ont écrit tout un livre sur la question.

Bien que ce ne soit pas toujours le cas, la tradition veut que celui qui pose cette question soit blanc et celui qui lui répond d'une autre couleur. En 2019, c'est une interrogation sur laquelle flotte un parfum de scandale, de règlement de comptes sur Twitter, de crainte d'être ostracisé et d'occasions perdues. Dépouillée de sa cape pédagogique, elle se transforme : analyse littéraire pleine de sens, elle devient plus grossière, plus mercenaire. Plus souvent qu'à son tour, celui qui la pose n'attend pas de réponse, mais une permission.

Les livres existent dans un certain contexte. S'ils sont publiés aux États-Unis, cela signifie que la majorité des éditeurs, des responsables des acquisitions de droits, des agents, des attachés de presse, des directeurs de production éditoriale, des juges, des représentants du peuple tant au niveau de l'État qu'à Washington, des maîtres d'école, des enseignants du secondaire, des professeurs d'université, des policiers et des bibliothécaires sont blancs. Cela signifie aussi que les policiers tirent plus souvent, toutes proportions gardées, sur les Afro-Américains, que la mortalité post-partum est plus importante chez les femmes afro-américaines, que les femmes sont moins payées que les hommes et qu'on assiste à une forte recrudescence des actes de violence contre les personnes transgenres. Cela signifie également qu'on a pu interdire aux citoyens de sept pays musulmans de poser le pied chez nous. Cela signifie les microagressions. Cela signifie les attaques terroristes et le fait qu'on monte dans un ascenseur ou un wagon de métro sans même vous laisser le temps d'en sortir. Qu'on vous tripote les cheveux sans vous demander la permission non pas une fois ou deux, mais dix fois, cent fois dans l'année. Et quelle que soit la différence entre les lois physiques du monde que nous créons – ses lunes, son architecture, ses lois de mécanique quantique – et la réalité que nous reconnaissons, le monde dans lequel nous vivons n'est jamais sans impact sur celui que nous créons. Drew Walton est noir parce que je le suis.

Notre équipe des Faux Procès a ouvert la boîte à chat ; elle a vu ce qu'elle contenait, elle a compris que ce que nous racontait l'American Mock Trial Association était un mensonge.

L'implicite était l'explicite. Drew Walton était blanc. Le chat était vivant.

Mais quel est le rapport avec l'invention d'un monde ?

Ce que nous avons accompli cette année-là avec notre troupe des Faux Procès, c'était tout simplement une version de la méthode de l'iceberg. Nos personnages existaient en dehors de leurs dépositions. Ils existaient en dehors de ce tribunal. Les déclarations des témoins étaient imprimées sur des bouts de papier truffés d'espaces blancs. La plupart des entraîneurs n'allaient pas au-delà desdits blancs : Andrew, lui, y voyait le matériau de l'expérience vécue. Le non-dit, les mots écrits à l'encre invisible qu'il fallait approcher d'une flamme pour les faire paraître. Et ces personnages amenaient leur expérience vécue au tribunal chaque fois qu'ils venaient à la barre, ce que font les écrivains quand ils écrivent.

Le monde ne se limitait pas au parking du Civic Center sur lequel le Pr Hamilton avait perdu la vie. Ni à l'existence de telle ou telle chaîne de télévision. Il ne s'arrêtait pas à la forme des immeubles, aux noms qu'on donne aux saisons dans ce pays. Le monde est constitué de vos personnages lorsqu'ils l'arpentent.

Cela doit-il nécessairement avoir du sens ? Non. En revanche, il faut que ce soit gouverné par une certaine logique. Les rêves ont-ils un sens ? Et les cauchemars ? Non, mais ils sont eux aussi gouvernés par une certaine logique.

Le racisme a-t-il un sens ? Non, mais il est gouverné par une certaine logique, un principe de thermodynamique qui nous régit tous.

Aphorisme maintes fois répété : chaque procès est l'occasion de raconter une histoire et l'action en justice n'est pas nécessairement une question de droit, ni de justice, justement, mais de récit plus ou moins convaincant.

Les Faux Procès nous fournissaient des esquisses d'un monde. On peut raconter une histoire avec quelques coups de pinceau sur la toile. On peut aussi la restituer en haute définition. On peut peindre, ombrer, ajouter de la texture, des couches de pigment. Nous ne l'avons pas fait avec le paysage qu'offre le monde, ses lois naturelles. Nous n'avons inventé ni fêtes étrangères ni traditions religieuses imaginaires ; nous n'avons pas joué avec les lois de la gravité et le mouvement des marées. Nous avons ajouté de la chair à notre peuple, nous avons parlé de notre monde par leur truchement.

Pour construire un monde, on balance souvent dans la marmite des ingrédients qui nous comblent, qui nous intriguent ou qui nous fascinent, sans grand souci des proportions. Au bout du compte, cependant, il faut bien que quelqu'un teste la tambouille ainsi concoctée. Quelqu'un dont l'éducation au goût n'a rien à voir avec la mienne, même si elle est tout aussi riche. Les épices, l'andouille, les légumes coupés en dés, la sauce, le bouillon, tous ces éléments, aussi excitants qu'ils soient par eux-mêmes, sont au service d'un seul objectif. Quel sera l'effet de ce détail – de ce monde de détails – sur tel ou tel personnage, tel ou tel individu ?

L'histoire qu'on raconte parle des gens qui s'y trouvent.

Parce qu'on ne peut pas traîner en justice un système qui repose sur la magie.

« Je n'ai pas de bouche : et pourtant, il me faut hurler. »

Sur la responsabilité de l'écrivain noir à l'heure des émeutes en Amérique.

1.

Dans la nuit du 24 novembre 2015, la supérette Foodtown, située au croisement de la 148th et de St. Nicholas St, a été détruite par les flammes.

La même année, au printemps, j'étais sorti de la Columbia Law School avec un doctorat en droit ; j'avais emménagé à l'automne à Harlem. J'étais titulaire d'une bourse postdoc et juriste bénévole en droits civiques auprès du General Attorney de l'État de New York. Deux fois par jour, cinq jours par semaine, je passais devant cette supérette en allant au bureau et en rentrant chez moi. Bureau où je devais, en compagnie d'une petite dizaine de collègues, faire respecter les droits civiques à l'intérieur des frontières de l'État. Le lendemain de l'incendie, en repassant au croisement, je n'ai vu de la boutique que les murs : il n'y avait plus de vitrine ; de l'intérieur ne subsistait qu'une dalle de bitume.

Cette matinée est encore confuse dans mon esprit. La brume m'avait suivi dans le Financial District, où notre administration se trouvait à cette époque. Dehors, il faisait beau mais mon bureau était plongé dans les ténèbres. J'avais fait l'erreur, la veille au soir, de regarder une vidéo qui venait tout juste d'être rendue publique : filmée par une caméra embarquée de la police, elle montrait les derniers moments de Laquan McDonald. Sa mort n'intervient qu'à la fin de la vidéo. Avant cela, on voit le paysage défiler devant un véhicule qui circule trop vite et des bruits si déformés qu'on n'entend, au lieu de la sirène, qu'un gémissement d'agonie. À cette époque, ce genre de vidéos étaient légion. Les réseaux sociaux en étaient infestés. Elles prolifèrent et contaminent les newsfeeds de Facebook et les timelines de Twitter comme des cellules cancéreuses. À partir d'un certain moment, elles perdent de leur force et ne provoquent plus qu'un engourdissement de l'esprit, en partie parce que leur résultat est presque toujours le même : la béance caverneuse que les Américains de couleur ont sous les yeux, là où devraient se dresser la justice, la compensation, la vengeance. Parfois, pourtant, l'horreur de la chose rejaillit, devient viscérale ; elle vous tord les tripes, elle vous les arrache du ventre, elle écorche vos nerfs, elle y met le feu ; elle paralyse les muscles qui vous tiennent debout. Votre cœur se contracte et vous vous sentez non pas assommé, mais assassiné.

Ce matin-là, j'ai échangé des plaisanteries moroses avec un collègue d'origine sud-asiatique : et si « on se faisait porter noirs » ? Nous étions là, plantés à notre étage, avec sur les bras la mission qui nous avait été assignée de faire respecter les droits civiques des habitants de l'État de New York, alors que Chicago campait dans nos cerveaux.

Douze mois plus tôt, j'apprenais un matin – le 25 novembre 2014, pour être précis – que la chambre d'accusation avait décidé de ne pas poursuivre Darren Wilson pour le meurtre de Michael Brown. La semaine suivante, Daniel Pantaleo, qui avait tué Eric Garner à Staten Island, était traité avec la même mansuétude.

Facebook avait déjà commencé à cette époque à pousser

ses utilisateurs à « partager » des souvenirs concernant des journées particulières aux dates anniversaires : c'est l'occasion de reposter des statuts, des photos, des liens. Le 25 novembre 2014, j'avais écrit ceci sur Facebook : « Je… Je ne sais vraiment plus comment ne pas être en colère. » Dix-neuf likes, un commentaire, un partage.

Le week-end précédant l'incendie de la supérette, l'équipe de football américain de Yale avait affronté celle de Harvard. S'était rassemblée, lors de la fête traditionnelle des étudiants noirs, la Black Yale Tailgate, toute une foule lumineuse de gens de couleur avec lesquels j'ai eu ce jour-là l'honneur de passer quelques heures – c'était d'ailleurs la première fois que je rencontrais certains d'entre eux en chair et en os. Journée qui m'a rappelé que la joie peut se manifester de manière physique, qu'on peut éprouver la douceur de la lumière dans sa chair – une expérience intérieure qui plonge tout votre corps dans la bienveillance. Une couverture vous emmaillote les tripes. Les sourires éblouissent. Les étreintes apaisent le chaos des choses brûlantes. Ce qui devrait se dire se chante. La danse vous dépasse, si bien que lorsque les corps se mouvaient en essaim, en glorieuse et grouillante masse sous le chapiteau, c'était un organisme unique qui palpitait de vie et d'amour. De soi. Des autres. Du fait d'être noir. Autre événement remarquable du week-end, j'avais pu passer du temps avec un homme dont je m'étais fait une sorte de grand frère.

Nous avons discuté – et lorsque je lui ai demandé son avis sur ces vidéos d'exécutions policières, avec toute leur pornographique atrocité, j'avais à l'esprit une comparaison avec l'État islamique. À partir de quel moment ces vidéos se transforment-elles en cette même pornographie de l'atroce ? Me revenait à la lisière de la mémoire une photo provenant du très esthétique *Dabiq*, le magazine que l'État islamique publiait en ligne à une certaine époque. On y voit un enfant tendant une tête coupée à bout de bras. À la fin de la vidéo qui montre le meurtre de Laquan McDonald, il est allongé inerte sur le sol ; de petits nuages de fumée s'élèvent de son corps et du béton sur lequel les balles ont ricoché. Quelques secondes plus tôt, les premiers impacts lui ont imprimé une convulsion grotesque, juste avant sa chute. Écrire sa mort de cette manière confine presque au sacrilège. Il n'y a rien de beau ni d'esthétiquement intelligent dans l'anéantissement de son corps. Il n'y a pas une phrase au monde qui puisse effacer le caractère ignoble, abominable, de ce crime. Mais les mots sont mon refuge lorsque je dois affronter ce qui me trouble, me blesse, m'amoindrit. L'homme avec lequel je discutais était un écrivain, tout comme moi. Les mots étaient notre manière d'organiser l'univers. C'est donc ainsi que nous avons, après le week-end du match Harvard-Yale, discuté de Laquan McDonald, de Facebook et de la manière dont tout cela nous foutait en l'air. Sujet, verbe, comparaison et métaphore. Le meurtre est la décapitation. Les réseaux sociaux sont la pique sur laquelle la tête est plantée.

Sur la vidéo de sa décapitation, le journaliste Steven Sotloff porte un micro-cravate. Le vent a dû compliquer l'enregistrement du son. La vidéo ne montre pas l'acte lui-même. Juste le début, puis un fondu au noir, suivi du résultat. Après quoi la caméra passe à l'otage suivant. La vidéo est gratuite, primaire, obscène. Aucun des messages qui passent en surimpression sur l'image ne peut atténuer son extravagante violence. Car là est le but : la violence dans toute son extravagance. Encore plus extrême – on n'est plus très loin d'une pornographie de l'atroce, à la gonzo –, les petites vidéos que les jihadistes filment avec leur portable. Des Snapchats d'exécutions. Des Vines ressassant les mutilations. Un jihadiste masqué tenant une tête coupée d'une main et esquissant un geste de gang de l'autre. Légende : « Relaxation avec mon pote... ou ce qu'il en reste. »

7 juillet 2016 : dans un peu moins d'un mois, j'aurai fini ma mission auprès de l'Attorney General de l'État de New York. Je suis fier du travail accompli : j'ai participé à des enquêtes sur les discriminations dans le milieu du travail, négocié des indemnisations avec des entreprises qui n'avaient pas respecté la loi, œuvré à l'amélioration de la réinsertion des anciens détenus. J'ai l'impression d'avoir contribué au progrès. Le matin même, je consulte mon compte Facebook pour voir les mises à jour sur une vidéo postée la veille au soir. Un livestream. Il se met en marche avant même que j'appuie sur le bouton. Et j'assiste à la mort de Philando Castille.

Gene Demby avait consacré en août 2015 un article à la charge mentale particulière qui affecte les journalistes de couleur auxquels on confie cette mission tout aussi particulière : journalistes noirs devant écrire sur la mort noire.

Ce qu'il dit :

« Alors que les voix réclamant plus de diversité dans les salles de rédaction se font de plus en plus fortes – et c'est une bonne chose –, nous pourrions cependant nous pencher sur la signification de ce fait : c'est à une classe émergente de journalistes noirs de haut niveau travaillant pour des publications de premier plan qu'est confié le suivi des spoliations de la vie noire dans ce pays. Ils enquêtent sur les bavures policières, les écoles ségréguées, le racisme des politiques du logement et le système des amendes de stationnement en boule de neige, alors que leurs proches (ou des gens qui ressemblent à leurs proches) vivent dans leur chair ce genre d'incidents. La signification – pour notre travail de journalistes, pour les titres que nous représentons, et pour notre propre santé mentale – du fait que, journalistes noirs sur le terrain, nous ne cessons pas pour autant d'être des personnes noires. Qu'au sens le plus littéral du terme, nous y engageons notre peau. »

Un phénomène similaire affecte du reste toutes les personnes noires. C'est encore quelqu'un comme nous qui s'effondre dans les mutilations captées sur vidéo de son propre corps.

Et lorsque vous tombez sur ce nom devenu hashtag, ou que jaillit sur Facebook la dernière vidéo en date enregistrée par une caméra embarquée, la joie meurt et sa possibilité de même.

Et me voilà, passant devant cette supérette évidée un soir de novembre, écrivant. Et me colletant avec la possibilité que les mots que j'écris ne servent à rien.

Je sais que c'est une chose qui m'apporte de la joie. Que je me sens utile quand j'écris, même si cette impression est une illusion, un écran de fumée qui m'empêche de voir l'insupportable vérité dans le miroir. Les mots ne permettront pas de reconstruire la supérette incendiée. Ils ne rempliront pas ses étagères de céréales, de papier-toilette, d'huile de colza. Mais quand j'écris, la peur diminue.

Bien avant *L'Homme invisible* de Ralph Ellison, les récits des Noirs américains sur les Noirs américains remplissaient déjà une sorte de fonction zoologique. Le lecteur, qu'il considère ou ignore entièrement (cela dépend de l'auditoire) la qualité littéraire de l'œuvre, peut donc les aborder à la manière d'un film documentaire. La narration est fluide, l'architecture est saine. C'est l'occasion ou jamais d'apprendre quelque chose sur les hippocampes. « Une fenêtre sur la condition de l'homme noir dans l'Amérique d'aujourd'hui », proclame une citation béate sur la couverture. Sous laquelle on trouvera sans doute des phrases stupéfiantes, des paragraphes fascinants, des scènes de fin somptueuses pour décrire la pire journée dans la vie de tel ou tel héros noir : dans ce récit sur l'esclavage, les phrases chanteront ! Le goût pour cette sorte de narration existe en dehors de l'écrivain noir. Après tout, c'est Willian Styron, descendant de propriétaires d'esclaves, qui a décroché le Pulitzer pour *Les Confessions de Nat Turner*. Mais l'édition est, la plupart du temps, un écosystème excessivement clos ; lorsque cet appétit est dans l'air, l'air en question ne peut pas s'empêcher d'être aspiré par les poumons de l'écrivain noir qui en a franchi les portes. Le regard blanc est deux fois l'Œil de Sauron. Que vous l'ayez ou non décidé en toute conscience, vous écrivez dans le périmètre de cet appétit, ou par son truchement, ou dans son contournement. Et c'est peut-être *Illmatic* de Nas que vous lui livrez. Ou bien un reportage déguisé en fiction. Vous lui donnez du sang, du drame, de la prose extatique et, pour le lectorat non noir, ce sentiment de transcendance que la bonne fiction ne manque jamais de procurer. Dans le même temps, vous éduquez.

Et cependant, décrire la vie noire comme une voix qui ne connaîtrait que le registre doloriste n'est pas seulement faux : c'est également d'un ennui profond. Sans le frémissement joyeux des *Belles* de Dhonielle Clayton, le cinétisme joyeux de Miles Morales au meilleur de sa forme, l'ampleur de l'*Americanah* de Chimamanda Ngozi Adichie, la nonchalante finesse des *Easy Rawlins* de Walter Mosley, les descriptions de la vie noire dans l'édition américaine – dans la narration américaine – ressembleraient au type de cuisine dont vous avez envie le mardi. Tiens, on a mangé des sushis hier soir : et si on se faisait un esclave en fuite au déjeuner ? L'écrivain noir hérite alors d'une nouvelle mission : « diversifier les descriptions de la vie noire ». Les femmes noires dans la NASA, les sirènes noires, les chasseurs de primes noirs qui entretiennent des relations toxiques avec des métamorphes noirs, les expatriés noirs, les Earth-breakers noirs, les filles noires dans des robots géants. Puis des agents de police s'introduisent dans l'appartement de Breonna Taylor, 26 ans, habitante de Louisville, dans le Kentucky, et lui tirent dessus à huit reprises ; sa mort est constatée quelques minutes plus tard.

Moi qui me suis embarqué dans une profession dans laquelle j'affronte et bâtis des modèles, des motifs, des structures, où les liens entre les thèmes et l'illustration sont noués de manière à ce que la tapisserie prenne forme, je regarde les descriptions de plus en plus variées de la vie noire dans la narration américaine. Et je regarde les meurtres qui, grâce au travail d'information des militants de terrain, ont fait la une des médias nationaux en mai 2020. Et je sais, sur le plan intellectuel, que lorsqu'on se renseigne sur la manière dont vivent les autres, on devient plus tolérant. Et cependant, je ne puis m'empêcher de craindre que plus les gens qui ne sont pas noirs en savent sur nous – plus les blancs en savent sur nous –, plus ils y trouvent de quoi nous haïr.

Quand on regarde le visage d'Emmett Till en 2020, ce n'est pas un garçon que l'on voit mais un acte. Un catalyseur. Mamie Till le savait dès 1955 : la mutilation de son fils en avait fait un symbole. On dit qu'elle expliqua de la manière suivante sa décision de laisser ouvert le cercueil d'Emmett lors des funérailles : « Je voulais que le monde voie ce qu'ils avaient fait à mon petit. » Je ne suis pas entré dans la tête de tous ceux qui ont retweeté, partagé ou reporté les vidéos du meurtre de George Floyd, ou de celui de Walter Scott, ou de celui d'Eric Garner, ou de celui de Philando Castille, ou de celui de Tamir Rice, mais je me demande combien de ces utilisateurs, dans leur hâte d'exhiber leur indignation et, par extension, leur grandeur d'âme, ont vu en ces morts des êtres humains bien spécifiques, des individus – et combien ont vu des actes. Des catalyseurs. La décapitation remplit la même fonction : elle annihile l'humanité et ne restent plus que grognements, copulations et bêtes qui se grattent. Je sais que regarder ces vidéos d'exécutions policières provoque en moi quelque chose qui me pousse vers cet état, me fait atteindre à une certaine vibration, laquelle enclenche le diapason. Oui, mais en les regardant, je me remémore le travail des militants, au lendemain et à la veille de tels événements. Je me souviens aussi que Laquan McDonald n'était pas seulement une silhouette dans un snuff movie. Lui, tous les autres.

Et cependant. Il a fallu qu'un autre me dise que George Floyd avait sangloté « Maman » pendant que le policier de Minneapolis lui écrasait la vie d'un genou. Il a fallu qu'un autre me le dise, parce que je n'ai pas pu tenir jusque-là.

La coquille vide de la supérette incendiée a vite été remplie ; bientôt elle a retrouvé sa fonction de lieu où les gens viennent se procurer de quoi subsister. De lieu où les bébés vagissent dans les bras de leur mère, où les jeunes adultes achètent de quoi préparer le dîner, où les gens pratiquent l'art d'être humain. Une masse grouillante sous le chapiteau, un organisme unique qui palpite de vie.

Et il y a quelque chose là-dedans qui pourrait faire un

roman, me souviens-je d'avoir pensé à cette époque en passant devant le Foodtown redevenu Foodtown. Un roman dans lequel un garçon noir pourra faire des blagues, vivre sa jeunesse, son intelligence, sa colère, son absence de but, avoir une famille : et écrire ce roman tiendra un peu moins de l'écriture et un peu plus du témoignage. Et ce garçon aura une sœur – en fait, elle est déjà écrite –, une sœur capable de choses inimaginables. Elle voudra sauver son frère. Et elle saura voler.

Sur le trottoir d'en face, à quelques pâtés de maisons du Foodtown, il y avait une bodega où je m'achetais assez souvent un sandwich bacon-œuf-fromage pour me tenir au ventre pendant le trajet – et une bonne partie de la matinée.

Je savais que ce carrefour et cette bodega figureraient dans le roman.

Dans la nuit du 29 mai 2020, des tireurs d'élite ont pris place sur un certain nombre de toits dans tout Dallas (Texas). Le même soir, selon *The Guardian*, deux représentants de l'État de New York, le sénateur Zellnor Myrie et la députée Diana Richardson, ont été aspergés par des tirs de spray au poivre et menottés. Cela s'est produit au cours d'une manifestation devant le Barclays Center de Brooklyn, durant laquelle la police a également traqué Lynn Nottage, auteure dramatique deux fois récompensée par le prix Pulitzer. À Louisville, dans le Kentucky, toujours le 29 au soir, la journaliste de télé Kaitlin Rust et son preneur de vues ont été la cible de balles au poivre tirées par un policier alors qu'ils couvraient les manifestations locales. À Atlanta, des manifestants ont incendié un véhicule de police devant l'immeuble de CNN. Détail omis par de nombreux médias : l'immeuble héberge discrètement un commissariat.

À Dallas, un journaliste du *Dallas Morning News* a demandé à un manifestant la raison de sa présence sur les lieux. L'homme a éclaté en sanglots. Et répondu ceci entre ses larmes : « J'écris à mes sénateurs. J'écris à mes députés. Et je ne sais vraiment plus quoi faire. »

La cascade médiatique qui a éclaboussé ma timeline Twitter et débordé sur mes Stories Instagram en cette dernière semaine de mai 2020 réveillait alors (c'est encore le cas) un autre type de sentiment que celui suscité par la vision d'un homme qui me ressemble et que l'on assassine de l'autre côté de l'écran. Ces images, je les regarde comme j'ai regardé Minneapolis la veille au soir.

Dans une des vidéos montrant les incendies de la nuit, on voit la ville au loin. Des colonnes de fumée tourbillonnent, penchées, dans les airs. Le commissariat du 3e secteur a été détruit par les flammes. À deux pas, des feux d'artifice illuminent le ciel.

J'étais dans la véranda derrière la maison, le téléphone sur les genoux ; à la vue de ce commissariat embrasé, de ces feux d'artifice dans le ciel, je me suis dit : « Bien. »

Et il y a quelque chose de cela dans mon roman, me souviens-je d'avoir pensé à cette époque. Un roman dans lequel un garçon noir pouvait faire du mal, vieillir, utiliser son cerveau, connaître la tristesse, vouloir échapper à la nécessité de gagner sa vie, se planter, avoir une famille : et d'avoir écrit ce roman tenait un peu moins de l'écriture et un peu plus du témoignage. Et ce garçon avait une sœur, une sœur capable de choses inimaginables. Elle voulait le sauver de ce chaos. Et elle pouvait voler.

Sur Minnehaha Avenue South, entre l'Interstate 35 West à l'ouest, l'Interstate 94 au nord et le Mississippi à l'est, sous une corolle de feux d'artifice, un commissariat flambait.

Cette image, je la connaissais. Elle figurait dans mon roman.

2.

La semaine de manifestations avait commencé par une vidéo new-yorkaise : on y voyait une femme blanche dans Central Park promenant un chien sans laisse dans une section du parc où la chose était interdite. Un homme noir lui demandait de respecter le règlement et de tenir son chien en laisse. La femme appelait la police : l'homme, prétendait-elle, l'avait menacée. N'obtenant apparemment pas la réaction escomptée, la femme – et cela est visible sur la vidéo – élève la voix, change de ton, torture les décibels pour communiquer l'anxiété, la menace imminente de l'attaque. *Si j'en rajoute une couche, les flics viendront extraire cet homme de mon espace*. Et nombre de ceux qui ont regardé cette vidéo savent ce que cette « extraction » peut avoir comme conséquences. Les photographies du corps mutilé d'Emmett Till affleurent à la conscience. La même semaine s'est achevée sur un commissariat en flammes. Et pendant tout ce temps, le monde de l'édition s'est manifesté – les éditeurs, les agents, les blogueurs, les critiques, les collègues écrivains – et il a reconnu l'énormité de la charge qui pesait sur les Américains noirs, l'eau qui, une fois de plus, débordait de la marmite et crépitait en retombant sur la plaque. Tous m'ont offert condoléances et consolation. Quelle surprise pour eux, me disaient-ils, de se rendre compte à quel point la peur des Américains blancs gouvernait mes journées ; expression de leur stupeur à laquelle succédait une expression de leur chagrin. À la veille du week-end, j'avais peine à répondre à tous les messages, à rassurer amis et proches sur mon état de santé, à faire suivre les liens vers des collectes de cautions et autres levées de fonds appropriées, à donner des avis, à dire quelque chose, à combattre cette impulsion.

Et c'est là qu'est le mystère.

Les manifestants mettent un genou à terre et lèvent les mains en l'air à Memphis – Memphis où le Dr Martin Luther King Jr fut assassiné d'une balle en plein visage. Et j'ai du mal à échapper à ce constat à deux bandes : si la carrière dans laquelle je me suis engagé est faite de mots, c'est ma peau que j'engage dans cette affaire. Est-il bien sérieux, en ces temps de soulèvement et en d'autres, et alors qu'on enjoint aux voix noires de s'exprimer à ce sujet, de vouloir qu'on vous fiche la paix, d'avoir envie de traquer la joie dans le fredonnement d'une Xbox ?

Le mandat implicite confié à l'écrivain noir dans une Amérique qui n'a jamais abjuré son péché originel – « Quand on voit quelque chose, on doit en témoigner » – a un corollaire : on doit en témoigner de manière « responsable ». Dépoussiérer deux ou trois banalités, appeler au calme, apaiser les risques de division. Blanchir une citation de Martin Luther King, lui faire revêtir les oripeaux les plus inoffensifs, lui parfumer l'oreille d'une goutte d'Eau de Tout-ira-bien et lui faire découvrir le vaste monde. Peut-être conseiller aux manifestants de ne rien casser. Jeter l'opprobre sur les « pillards » noirs tout en se retenant soigneusement de mentionner le fait qu'ils vivent dans des quartiers qui ne sont pas sous-dotés mais pillés, sur une terre qui n'a pas été découverte mais volée. Et n'oublions pas le *tss-tss* désapprobateur adressé à ceux qui affrontent les forces de l'ordre ; l'inquiétude s'exprimera par un « Ah, tu sais comment ils sont, ces flics » plutôt que par « Ne fais pas n'importe quoi ». C'est pour ne pas se mettre en danger, vous comprenez. Il faut aussi encourager les retweets et les posts Instagram qui plaident en faveur d'une solidarité entre les races. Inutile de se demander si ladite solidarité porte ses fruits hors des écrans. Il est également conseillé de ne pas dénoncer l'hypocrisie qui consiste à applaudir la révolution sur les réseaux tout en l'ignorant (quand on ne la condamne pas) de sa fenêtre. On vous dit que la politique n'a pas sa place dans la fiction spéculative. Ni dans le roman ni dans le paratexte. Pourquoi soulever les questions de race ? On discutait de Rand al'Thor.

Car le fait est que quand on est sur scène, quand vient le moment des questions et qu'il y a dans l'auditoire quelqu'un qui lève la main, qui prend le micro, qui pose sa question, ce n'est pas une réponse que cette personne attend. C'est de l'espoir. Et il faut le lui donner. Quand on vous demande des idées, des pistes d'actions utiles, vous les fournissez, de la même manière. Vous donnez, vous fournissez, vous répondez et on ne vous offre que de rares occasions, tous les trois ou quatre mois, de dire aux gens qu'il faut arrêter de poser des questions, qu'il faut réviser un tant soit peu avant de vous inviter pour que vous continuiez à donner, à nourrir, à répondre. À diriger les gens vers les organisations qui ont besoin d'argent, à les conseiller sur la manière dont ils peuvent respecter les efforts des militants locaux sans coloniser le mouvement, à leur expliquer les différents canaux qu'emprunte la menace essentielle de la suprématie blanche pour se manifester tous les jours et sans répit dans votre existence.

Mais vous n'avez pas le droit de regarder un commissariat de quartier partir en flammes sous une canopée de feux d'artifice en vous disant tout bas : « Bien. »

La pandémie de coronavirus, disent certains, nous a offert la vision fugitive d'une réalité parallèle où les habitants d'East Hollywood peuvent admirer un ciel sans pollution, où les entreprises qui forçaient leurs employés à vivre dans des villes aux loyers hors de prix sont à présent bien obligées d'admettre que le télétravail a toujours été une alternative viable – une réalité où l'étau dans lequel le capital maintient la société américaine depuis des années s'est un tout petit peu desserré. Dans son sillage cependant demeure une certitude pernicieuse : nombreuses sont les inégalités sociales qui ne changent pas. Comment savoir si, après la pandémie (pour peu qu'elle finisse), nous ne reviendrons pas à une variation sur le bon vieux temps ? Comment savoir si nous ne retomberons pas dans les bras de nos démons familiers ?

La pandémie a mis au jour les atrocités auxquelles nous soumettons régulièrement – par négligence administrative, par cruauté avérée – les personnes incarcérées dans ce pays. Elle a mis au jour la racialisation des inégalités socio-économiques d'une manière titanesque, tragique. Elle a mis au jour le peu d'estime que nous accordons à ceux dont nous avons découvert l'inestimable valeur. Nos infirmières, nos employés de supérette, nos postiers, nos conducteurs de bus. Tous ces gens soudain jugés « essentiels » (nous n'osons pas dire « sacrifiables »).

Si mon métier exige que j'imagine en permanence des réalités alternatives – possibles futurs, présents parallèles –, comment puis-je donc expliquer ce pessimisme ? Le New Deal qui tira les États-Unis de la Dépression ne redistribua pas équitablement les cartes, ce qui est le défaut de tous les futurs qui s'accomplissent (je salue ici William Gibson). Trente ans après l'amélioration des droits des personnes queers au lendemain de l'hécatombe provoquée par le SIDA, la prévalence des homicides et de la misère sociale dans les communautés queers non blanches révèle un gouffre béant. Et flotte par-dessus tout cela un parfum de cooptation capitaliste. Qui n'a jamais vu une pub télé ou YouTube pour la marque X ou Y vous susurrant sur fond de musique au piano « On prend soin de vous » ?

Il peut sembler irresponsable d'étaler son pessimisme en public en ces temps de pandémie. D'examiner les taux de mortalité covid parmi les blancs, les noirs et les latinos aux États-Unis et de songer à la continuité alors même que les médias et les responsables politiques sonnent l'alarme avec de plus en plus d'insistance. De voir la manière dont nous évacuons notre inquiétude pour les plus âgés et l'imputons au coût du maintien des commerces – et songeons de plus belle à la continuité. De se pencher sur la manière dont le colonialisme de la dette exercé par la Chine contribue à détruire les espoirs d'une Afrique aux infrastructures autosuffisantes et de garder l'œil sur la continuité. De se pencher sur la fracture sociale actuelle, l'effondrement de la maison commune dont les fondations déjà ébranlées ont été un peu plus sapées par l'austérité post-Crise de 2008 et d'espérer la continuité. De considérer la façon dont les flics peuvent s'introduire sans aucune raison valable chez les citoyens, rouler droit dans la foule à bord de leur véhicule ou aveugler des journalistes, de voir la police américaine se conduire au grand jour comme le cartel jamais réformé, jamais réformable qu'elle est depuis longtemps et d'espérer la continuité.

Les fictions dystopiques commencent généralement après l'effondrement. Les zombies ont été lâchés, une portion non négligeable de l'humanité a déjà succombé à des pathologies mortelles, les eaux sont déjà montées de quelques mètres. Pourquoi cela semble-t-il être le moment le plus facile ? Le moment admissible. S'il y a de l'optimisme dans ces récits, il émane d'actes individuels de courage – on sauve, on se sauve. Quels seraient leurs équivalents systémiques dans les grandes lignes ?

Dans la nuit qui a suivi la mort de George Floyd, la police a tiré des grenades lacrymogènes sur une foule de manifestants sans armes et non violents. En pleine pandémie d'une maladie respiratoire. Au moment même où j'écris ces mots, la police fait subir le même sort à des citoyens d'Oakland, en Californie.

Je devrais me fendre ici d'un lieu commun plein d'espoir. Ou, du moins, si je voulais clore cet essai sur un récapitulatif plus chaotique et plus réaliste, exprimer le vague désir d'un futur plus radieux. Je pourrais faire allusion aux souvenirs déjà évoqués du match Harvard-Yale, puisque je fais partie de ce glorieux organisme noir qui se déchaînait en beauté sous le chapiteau et jouissait dans le bonheur du splendide et vivant chaos des choses brûlantes. La supérette Foodtown dans sa beauté reconstruite pourrait bien refaire son apparition. Ou bien quelques mots sur l'imagination morale qui ramène, d'une certaine manière, au Devoir de l'Écrivain Noir™ dont j'ai déjà parlé ? Mais j'ai perdu le rythme. Et ce n'était pas d'espoir que je me berçais quand j'ai écrit *L'Architecte de la vengeance*. Ce n'est pas de l'espoir que je ressens aujourd'hui. Je ne l'ai pas retrouvé en apprenant ce qui est arrivé à Amy Cooper après son aventure à Central Park. Je ne l'ai pas retrouvé lorsque le policier qui a tué George Floyd a été inculpé de meurtre au troisième degré (selon la loi du Minnesota) et d'homicide involontaire. Ce qui s'est passé après la diffusion du snuff movie de l'assassinat d'Ahmaud Arbery ne suscite aucun optimisme. Non plus que les déclarations des députés et sénateurs qui veulent encadrer l'utilisation des mandats « no knock » (ceux qui autorisent l'entrée sans avertissement des policiers au domicile d'un suspect) au lendemain de la mort par balles de Breonna Taylor.

Face à une Menace agressive qui suinte de mépris pour votre humanité et qui souhaite, faute de pouvoir vous exploiter, vous punir, vous terroriser, vous torturer, à quoi sert l'espoir ?

Et me reviennent à la mémoire les feux d'artifice.

Table

ALBIN MICHEL IMAGINAIRE

Tous nos livres, nos auteurs, nos actus sur :
https://www.albin-michel-imaginaire.fr/
Rejoignez-nous sur fb : AlbinMichelImaginaire

Robert Jackson Bennett
American Elsewhere (prix Shirley Jackson)
Les Maîtres enlumineurs
Le Retour du Hiérophante (*Les Maîtres enlumineurs*, tome 2)

Franck Ferric
Le Chant mortel du Soleil

Peter A. Flannery
Mage de bataille, tomes 1 et 2

Kameron Hurley
Les étoiles sont Légion

Neal Stephenson
Anatèm, tomes 1 et 2

Sam J. Miller
La Cité de l'orque

Tom Sweterlitsch
Terminus
Demain et le jour d'après

Jean-Michel Ré
La Fleur de Dieu
Les Portes célestes (*La Fleur de Dieu*, tome 2)
Cosmos incarné (*La Fleur de Dieu*, tome 3)

Sue Burke
Semiosis

Shaun Hamill
Une cosmologie de monstres

Gauthier Guillemin
Rivages
La Fin des étiages (*Rivages*, tome 2)

C. Robert Cargill
Un océan de rouille

Derek Künsken
Le Magicien quantique (Cycle de *L'évolution quantique*, tome 1)
Le Jardin quantique (Cycle de *L'évolution quantique*, tome 2)

Peng Shepherd
Le Livre de M

Léafar Izen
La Marche du levant

Emilie Querbalec
Quitter les monts d'automne

Adam-Troy Castro
Émissaires des morts (*Andrea Cort*, tome 1)
La Troisième Griffe de Dieu (*Andrea Cort*, tome 2)

Nick Harkaway
Gnomon, tomes 1 et 2

Romain Lucazeau
La Nuit du Faune

Estelle Faye
Widjigo

Laurent Genefort
Les Temps ultramodernes

Lauren Beukes
Afterland

À paraître

Léafar Izen
Le Courage de l'arbre

Adam-Troy Castro
La Guerre des marionnettes, (*Andrea Cort*, tome 3)

Composition : Nord Compo
Impression : CPI Bussière en février 2022
Éditions Albin Michel
22, rue Huyghens, 75014 Paris
www.albin-michel.fr
ISBN : 978-2-226-46145-2
N° d'édition : 24480/01. N° d'impression : 2063335
Dépôt légal : mars 2022
Imprimé en France